식민지 조선에 온 일본인 화류여성 이야기

식민지 조선에 온 일본인 화류여성 이야기

초판 인쇄   2016년 6월 23일
초판 발행   2016년 6월 30일

편역자   이가혜
펴낸이   이대현
편 집   권분옥
펴낸곳   도서출판 역락
주 소   서울시 서초구 동광로 46길 6-6 문창빌딩 2층
전 화   02-3409-2060(편집부), 2058(영업부)
팩 스   02-3409-2059
등 록   1999년 4월 19일 제303-2002-000014호
이메일   youkrack@hanmail.net

정 가   8,000원
ISBN   979-11-5686-339-7 03830

이 저서는 2007년 정부(교육과학기술부)의 재원으로 한국연구재단의 지원을 받아
수행된 연구임(NRF-2007-362-A00019).

식민지 조선에 온 ——

일본인 화류여성 이야기

이가혜 편역

역락

차례

다고토암(田每庵)

山名白紅

1.

"안돼요. 어머니가 계셔요. 싫어요. 저기, 놓아주세요. 소매가 찢어진다고요. 싫다니까요… 이사람 참, 미이(美い) 짱 좀 도와줘. 빨리 와서. 저기 미이 짱 어서…"

다고토암(田每庵)이라 적힌 등불을 내 걸은 조그마한 음식점 앞의 어둑한 처마 밑에서 오류(お柳)는 남자와 무언가 실랑이를 벌이고 있다.

봄날 저녁의 항구에는 아름다운 수증기가 가득하고, 가로등 그림자가 이를 희미하게 비추어 마치 꿈처럼 떠오른다. 지나는 사람의 그림자 역시 희미하며, 신발 소리조차 지나가는 봄의 정취를 더한다.

다고토암이 있는 마을은 혼쵸(本町) 7번길에서 왼쪽으로 나 있

는 사쿠라이쵸(櫻井町)로, 대평관(大平館)이라는 활동사진관이 있는
그 남쪽을 서쪽으로 들어가는 담장 반대편에 다고토암이 있다.

지붕이 낮은 온돌건물을 가게 입구만 아담한 격자문으로 개조
한 것이다. 안으로 들어가면 좁고 기다란 도마(土間)1)가 있고 그것
이 두 개로 나누어져 있다. 한 곳에는 하얀 옥양목으로 만든 식
탁보를 덮은 긴 테이블이 놓여 있고, 그 위에는 여느 때와 같이
맥주와 사이다 몇 병이 가지런히 놓여 있다. 먼지가 쌓여 이파리
가 하얘진 백단향 화분이 중앙에 놓여 있고 과일이 담긴 상자와
함께 맥주, 사이다가 배열되어 있다. 테이블의 세 면에는 방석을
깐 의자가 놓여 있다.

도마의 한쪽은 다고토암의 주방에 속하는 부분으로, 바깥을 향
한 벽에는 무늬가 들어간 격자 미닫이 창문이 내어져 있고, 창가
밖에서 보이는 곳에는 찜 그릇이나 스시 접시, 작은 주발 등이
비좁게 놓여 있다. 객실이랄까 우라자시키(裏座敷)2)랄까… 뭐라 불
러도 상관없지만, 그쪽으로 향하는 다른 도마에는 쥐색 포렴(布
簾)3)이 드리워져 구분되어져 있다.

마도에 이어져 좁아터진 중간 정원이 있다. 그 정면에는 낡아

---

1) 도마(土間) : 일본 건축에서 가옥 내의 일부를 구성하는 공간으로, 나무 널판지 등
   을 깐 마루 부분과 달리 마루를 깔지 않고 지면 그대로 두거나, 혹은 회반죽, 흙
   등으로 다져서 굳혀 만든 공간이다.
2) 우라자시키(裏座敷) : 내실에 있는 접객 공간.
3) 포렴(布簾) : 술집이나 복덕방의 문에 간판처럼 늘인 베 조각.

빠진 온돌방이 세 개가 있는데, 그것이 이 다고토암의 유일한 객실(客座敷)이다. 이곳은 어느 때에는 술자리로, 어느 때에는 종업원의 침실로 이용되기도 했다.

오류는 다고토암에거 가장 인기가 많은 얼굴마담이다. 아름답고 귀여운 눈매와 탐스러운 머리카락은 유달리 아름다워, 그 일대의 젊은이들에게 다고토의 서시(西施)[4]라 불렸으며 기세 좋게 구애를 해오는 이도 한 둘이 아니었다.

때문에 간판에 붉은 글씨로 적힌 소바나 우동을 주문하는 손님보다는, 스다코(酢章魚)[5]를 안주삼아 오류가 따라주는 술에 농담 한 마디하고 싶어 하는 자들이 더 많았다. 오류를 만나기 위해 매일 밤 수 명, 수 팀의 손님이 찾아 왔으며 이로 인해 다고토암은 번창해 갔다.

그날 밤, 어느새 12시가 다 되었다. 대평관이나 황금관(黃金館)의 영업도 끝나고 꽤 많은 손님이 집으로 돌아갔다. 가게는 머지않아 문을 닫을 시간이었지만, 뒤편 온돌방에는 술에 취한 손님 고우타(小歌)가 남아 있었다. 가게 앞에서 오류와 소란을 피우고 있는 사람도 손님 중 한 명으로, 배웅을 해주러 나온 오류를 붙잡고는 출입구에서…

---

4) 서시(西施) : 중국 춘추시대 월국(越國)의 미녀. 중국의 4대 미녀 중 한 명으로 손꼽히며 부차에게 접근하여 오나라가 멸망하게 하였다.
5) 스다코(酢章魚) : 삶은 문어를 잘게 썰어 식초에 담근 요리.

오류가 쇳소리를 내며 뿌리치려는 그 손을, 손님은 한층 더 재미있다는 듯 놓아줄 수 없다며 언쟁하고 있다.

"뭐 어때, 저기까지 가자… 가면 저 여자가 화를 낼 거라고? 화내라지, 가자 가자고…"

"오늘은 안돼요, 혼이 난다구요. 놓아주세요, 보기에 안 좋아요…"

"꼴사나울 게 뭐 있어, 가자고…"

"호호호 이 사람 참 끈질기네요. 그럼 가요. 괜찮겠어요? 가자고 하면 곤란한건 당신 쪽일 텐데요. 상관없나요? 가도 좋겠어요?"

"뭐가 문제라는 것이냐…"

"문제없다면 함께 가요. 좋아. 가요 겐씨"

겐이라고 불린 남자는 오류가 붙잡고 있던 소매를 힘주어 뿌리치고는 반대쪽으로 밀어냈다. 오류는 두 세 걸음 휘청거리더니 넘어지고 말았다.

2.

겐은 자신이 술에 취해 힘 조절을 제대로 하지 못했다며 쓰러진 오류에게 달려가 그녀를 안아 일으켜 세웠다. 오류는 훌쩍훌쩍 울고 있었다.

"다치지 않았어?"

"겐씨 너무하잖아요. 아무도… 아무도 이런 짓은 하지 않는다고요… 겐씨는 정말이지 너무해요…"

"음… 내가 잘못했네. 용서해 주게. 자 저기까지 함께 가주게. 그러고 바로 나는 돌아갈 테니."

"정말이지 건강을 좀 챙기세요… 어디 놀러가지 마시고요. 겐씨, 알겠죠."

두 남녀는 등불 아래의 어둠 속에서 길가로 나왔다. 남자는 오른 손으로 여자의 팔을 꽉 안고 있다. 다리는 술 때문인지 비틀비틀 거리며, 몸은 여자에게 바짝 기댄 채로 걸어갔다.

12시는 이미 지난 지 오래였고 혼쵸길에는 사람 그림자가 사라졌다. 자동차의 불빛이 동쪽을 향해 달리는 것이 보였다. 오류는 겐을 배웅하기 위해 길 모퉁이로 갔다. 두 사람은 사람 그림자도 보이지 않는 길을 손을 잡은 채 제멋내로 걸어 다녔다. 왼쪽 골목 입구에 있는 쓰레기통을 뒤지고 있던 떠돌이 개가 놀라 뛰어간다.

"어머, 놀래라."

"떠돌이 개야. 뭘 놀라고 그러나. 하하하"

"그래요 개! 나 정말로 놀랐다고요. 어두운 곳에서 갑자기 뛰어 나왔다고요… 아 가슴이 두근두근 거려요."

두 사람은 혼쵸 모퉁이에 나왔다. 겐은 거기에서 오른쪽으로 꺾어 서쪽으로 향하면서도 무언가 아쉬운 듯 뒤돌아보며 걸어갔다. 오류는 그 자리에 서서 배웅을 해 주고 있었다.

"내일 밤 갈게, 오류."

"네 꼭이요, 겐씨."

기세 좋게 달려오던 자동차는 서에서 동쪽으로 화살처럼 달려갔다. 차속에 앉은 사람은 헌팅캡을 깊숙이 눌러쓰고는 얼큰한 취기를 느끼며 노래를 부르고 있었다. 어디로 가는 것일까…

더 이상 겐의 그림자는 보이지 않았다.

오류는 자동차가 달려간 방향을 바라보다가 이윽고 자신의 집 쪽으로 발걸음을 옮겼다.

뒤돌아 선 오류의 눈앞에 각등(角燈)6)을 손에든 순사가 서 있었다. 오류는 가슴이 철렁 할 정도로 깜짝 놀랐다. 순사는 짓궂게도 각등의 불빛을 오류의 얼굴 가까이 가져가 눈을 비추었다. 불빛은 얼굴에서 가슴, 가슴에서 배, 다리로 옮겨갔고 순사의 눈은 불빛과 함께 움직였다. 그러나 순사는 아무 말도 하지 않았다.

오류는 발걸음을 재촉하며 북쪽으로 걸어갔다.

길가의 집들은 이미 잠에 들었고, 어묵 가게의 초인종만이 미

---

6) 각등(角燈) : 손에 드는 네모난 등. 랜턴.

련스럽게 울고 있다. 오류는 이런 저런 생각을 하며 어슬렁어슬 렁 다고토암에 돌아왔다.

"오류, 어디에 갔던 거니. 손님이 돌아가겠다고 난리야. 어서…"

다고토암의 주인인 오토키바바(お時婆)는 돌아온 오류를 보자마자 이렇게 말했다.

"겐씨를 마을까지…"

오류는 반쯤 대답한 후 뒤편에 있는 온돌방으로 향했다.

낭자(狼藉)! 쟁반 위에는 주전자가 쓰러져 있고, 먹다 남은 음식이 담긴 접시, 깨진 주발로 발 딛을 틈이 없다. 얇은 옥양목으로 만들어진 작은 이불에 진을 치고 있는 손님은 마치 왕자와 같은 기세로 술 냄새를 풍기며 미이 짱이라는 열여섯 살의 어린 여자아이를 상대로 술을 마시고 있었다.

"계산하겠어, 이봐, 어서 가서 주인에게 물어보고 와."

"후후후 화내지 마세요. 언니가 지금 오시니까 잠시 기다려 보세요. 언니 어서 오시라고요."

어린 소녀인 미이 짱은 나이는 어리지만, 이런 장사를 오래 해온 탓에 손님의 기분은 다루는데 능숙한 아이였다.

손님이라는 자는 무슨 회사에서 창고지기를 하고 있는 마에시마 다쓰지로(前島達次郎)라는 사람이었다. 나이는 서른에 가깝지만 다소 어려보이는 얼굴로, 겐보다는 훨씬 수입도 좋고 풍채도 좋

13

았다.

"다쓰씨, 왜 화를 내고 있는 거예요."

오류는 밖에서 다 듣고 있었다는 듯 온돌방에 모습을 드러 냈다.

"미이 짱 한 병 더…"

라고 말하며 그녀는 다쓰의 옆에 앉았다. 미이 짱은 급히 일어 섰다.

"화가 나셨네요. 돌아가시면 안돼요. 보내지 않을 거예요."

다쓰는 화가 나 있었기 때문에 그 분을 삭일 수 없었다.

"말은 잘 하는군. 그렇게 모두를 속이고 있겠지. 나도 그런 사 람 중 하나일 테고…"

"저 그렇게 나쁜 여자 아니에요. 호호호. 제가 언제 한 번이라 도 속인 적 있나요. 항상 속이는 건 당신이시면서… 호호호. 자 화내지 마시고, 따뜻한 술이 왔으니 한잔 받으세요."

다쓰는 어느덧 화를 누그러뜨리고 잔을 집어 들었다.

3.

이런 생활에 이미 익숙해진 오류는 취객을 상대로 어떠한 불쾌한 감정도 생기지 않게 되었다. 한밤 중 잠에서 깨어 어린 시절을 추억하다보면, 이미 10년도 더 지난 일이지만 고향을 떠나오던 당시의 수수한 생활과는 너무도 달라져 버린 지금의 모습에 새삼 놀라기도 했다. 그러나 이미 굳어버린 심장에 캠퍼주사[7]를 맞는다 한들 얼마나 효과가 있을지는 의문이다.

타락한 여자의 사연이란 대부분 오류와 크게 다르지 않다. 겐과 다쓰는 그 후에도 곧잘 다고토암에 나타났으며 두 사람이 얼굴을 마주치는 일도 적지 않았다.

*　　　　　*　　　　　*

"어머 겐씨! 다쓰씨! 미이 짱 어서 어머니를 불러줘… 어서! 겐씨, 안돼요. 그런 난폭한 짓은 하지 말아요…"

오류는 울부짖으며 두 사람 사이에 매달려 필사적으로 두 사람을 떼어놓으려 했지만, 겐과 다쓰는 서로의 멱살을 잡은 채로 떨어질 줄 몰랐다.

미이 짱은 두려움에 몸을 떨며 안재로 뛰어갔다. 오류의 중재에도 불구하고 싸움은 멈추지 않았다.

"멍청한 오류! 비켜. 다친다고."

겐은 싸움 중에도 오류의 몸이 다칠까 걱정하고 있었다. 오류

---

7) 캠퍼(Kamfer) : 강심제의 일종.

는 이리 치이고 저리 치이면서도 죽자 살자 다리에 매달렸다.

"도와줘… 어서…"

그녀는 노랗게 질린 목소리로 도움을 청했지만, 어머니도 미이짱도 돌아올 기미가 없었다.

장정 두 사람의 싸움이 이어지자, 그렇지 않아도 좁은 온돌방 안은 손쓸 겨를도 없이 찻잔이며 접시며 주전자가 나뒹구는 난리판이 되었다.

두 사람은 술기운을 내뿜으며 마치 들짐승처럼 계속 싸웠다. 성냥불 하나로도 큰 불이 될 수 있다. 작은 성냥에 불이 붙으면 확하고 불씨가 생기고 그 불씨가 다른 물건에 옮겨 붙으면 모든 것을 태워버리는 것이다. 나뭇잎에 맺힌 서리는 비록 작은 물방울일 뿐이지만, 그것이 모이면 큰 바다의 파도가 되어 배를 뒤집을 수 있는 것이다. 술자리에서 벌어지는 싸움은 말 한마디에도 상대를 죽음에 이르게 할 수도 있다.

겐과 다쓰 두 사람은 모두 다고토암의 단골손님이다. 이따금 가게를 드나들며 서로 얼굴만 알고 지낼 뿐, 이름조차 모르는 사이였다. 그날 역시 우연히 가게에 함께 들어와 옆자리에 앉아 술을 마지기 시작했는데, 입이 험한 겐의 농담에 평소 온화한 다쓰가 화를 내면서 싸움이 시작된 것이다.

겐은 목수이기 때문에 평소 힘쓰는 일에 익숙하고 힘이 좋았다. 다쓰는 창고지기이기는 해도 짐을 옮기는 일은 아랫사람이

도맡아 했기 때문에 힘쓰는 일에 서툰 것은 물론 힘도 약했다. 두 사람의 싸움은 다쓰의 패색이 짙어 보였다.

저속한 사람은 걸핏하면 힘 싸움을 통해 자웅을 다투고자 한다. 들개 역시 그런 짓을 한다.

"이놈들! 뭣들 하는 짓이냐!"

정복을 입은 순사가 칼을 휘두르며 구둣발로 뛰어올라 왔다.

4.

그날 밤 두 사람은 ○○경찰서 유치장에 연행되었다. 그 다음 날 오류는 사건의 증인 신분으로 ○○경부에게 취조를 당했다. 경찰서 안으로 들어온 오류는 공포감에 가슴이 요동쳤다.

오류는 태어나서 처음으로 경찰서에 오게 되었다. 위압적인 벽 놀분을 열고 들어간 후, 경부와 순시가 있는 방에 들어가 자리에 앉자 누가 시키지 않아도 고개가 절로 숙여졌다. 가슴이 떨려오고 몸이 움츠려드는 듯 했다.

경찰서 정원으로 끌려 나온 오류는 생각했다.

'아무리 손님들 간의 싸움이라고는 해도, 그 원인의 9할은 내게 있다. 버드나무 흔들리듯, 동에서 서에서 남자들의 마음을 받아준 죄! 아니 그렇게 해야만 하는 나의 처지! 아아 나쁘다. 죄다. 천한 가업(稼業)이다. 언젠가는 붙잡혀 수치를 당할 것이라 각오는 하고 있었다. 오늘은 손님들 싸움의 증인으로 나온 것이기는 하지만, 이 오래된 상처를 안고 있는 이상 무서운 심문(尋問)이긴 매한가지이다.'

오류의 가슴 속 고동 소리가 빨라졌다.

*   *   *

오류는 별다른 형벌 없이 집으로 돌아갔다. 두 손님 역시 싸움에 대한 훈계를 받고 풀려났다. 그러나 이를 계기로 경찰의 눈초리는 매서워졌고, 요 근래 풍속을 어지럽힌다고 소문이 난 음식점 중 다고토암이 포함되기에 이르렀다. 순사의 수첩에는 겐과 다쓰 그리고 오류의 이름이 적혀졌다.

그 이후 겐은 다고토암에 발길을 끊게 되었다. 다쓰는 직접적인 경쟁자였던 겐을 물리치고 마치 중원축록(中原逐鹿)[8]을 얻은 듯한 기분으로 가게에 드나들었다.

―조선급만주 제84호(1914.7.1.)

---

8) 중원축록(中原逐鹿) : 중원의 사슴을 쫓는다는 뜻으로, 제위를 두고 다툼을 비유하는 말.

애첩통신(愛妾通信)

秋村晶一郎

1. 연분홍색 봉투의 뒷면에 적힌 '가와세 시즈코(川瀬静子)'

1)

아내여,

'연분홍색 봉투의 뒷면에 적힌 가와세 시즈코'에 대한 이야기를 하기 전에, 내가 도쿄를 떠나고부터 갖고 있던 감정을 당신에게 알려주고 싶소.

내가 도쿄를 떠난 것은 올해 6월 초이오. 당신의 바람대로 고향인 마사고쵸(眞砂町)에서 밤꽃이 피는 메구로(目黑)의 잡목림이 있는 조용한 주택에 이사한 것은 그로부터 딱 한 달 전이었지. 푸른 잎의 향기가 코를 간지럽히는 야마노테(山の手), 전차에 올라 우리 두 사람은 메구로 역에서 내렸어. 그리고 신문사의 하시모토(橋本) 군의 집에서 차를 마시고, 하시모토 부부의 안내로 저 흐르는 시냇물 옆의 집을 보러 갔어.

문학을 좋아하는 하시모토군과 그 부인이 '수장기(水莊記) 같네' '수장기 같아'라고 말하기에 나는 수장기가 무엇인지 물었지. 부인은 요시이 이사오(吉井勇) 씨가 쓴 글 중에 수장기라는 것이 있는데, 그것이 이 집과 꼭 닮았다며 우리에게 '수장기'에 대해 설명해 주었어. 아마 당신도 처음 듣는 이야기였겠지. '수장기'를 모르는 우리 부부는 어쩌면 하시모토 부부보다 행복한 것일지 몰라.

이야기가 다른 곳으로 흘러가버렸군. 내가 출발하기 전날 밤, 신문사의 명령을 받고 집에 돌아가 당신에게 말하자 당신은

"언제쯤 돌아오시나요."

라고 물었지.

"두 달 정도 걸려."

라는 나의 답에

"그럼 이런 시골에 오는 게 아니었어요."

라며 어찌할 바를 몰라 했어. 내가

"그동안 구니키다(國木田) 씨 댁에 있도록 해."

라고 말하니

"아아 그게 좋겠어요. 그렇게 할게요."

라고 말하며 당신은 그때부터 여행 가방을 챙겼지.

내가 시나가와(品川)의 플랫폼에서 이등 침대차의 창문으로 손을 내밀 때, 사장댁의 오하라(小原) 군, 구니기타(國木田) 선생 부부,

신문사의 우에다(上田) 군, 오가와(小川) 군, 화가인 이케다(池田) 군이 나란히 서 있었고, 당신은 가장 좋아하던 무늬의 유카타를 입은 채 어두운 전등 아래에 서 있었지. 그 밤의 기억이 지금도 선명히 나의 머리에 떠오르네.

나의 이번 여행은 신문사의 일을 보러 갈 뿐, 편집장이라는 귀찮은 책임 없는 지극히 느긋한 여행이야. 굽이굽이 씻어낸 듯한 강산이 번잡한 사무에 피로했던 나를 얼마나 즐겁게 해줄까…

2)

내가 탄 버스는 시모노세키 역에서 멈추었어. 가느다랗게 내리는 오월의 비가 붉게 익어가는 여름날의 감귤을 적셔 아름다운 윤기를 내고, 하얀 수건을 뒤집어 쓴 여자가 그 상자를 짊어지고 걸어가는 시모노세키 역의 정취는 흥미로웠어.

'○○신문사원님, 관선일반(官線一般)'이라는 버스의 문구에 적힌 관선일반의 의미에 대해 시모노세키 역무원에게 설명을 듣고 있던 중, 연락선의 납승시산이 가까워져 어쩔 수 없이 배에 올랐지. 지금부터 가와세 시즈코의 운명에 대해 이야기하겠네.

3)

아내여,

도쿄, 경성 그리고 센다이(仙台), 시골 중에는 아시카가(足利)나 기사라즈(木更津) 정도밖에 모르는 당신은, 아마도 저 현해탄을 건너는 어두운 밤의 모습을 알 수 없을 거야.

나는 배에 올라 노란 전등 불빛이 만든 그림자 속에서 어두운 배 안을 벌벌 떨며 바라보고 있던 한 무리의 여자들을 보았소. 그들을 본 순간, 나는 과거 조선에서 보낸 삼년 동안 수없이 보고 들은 학대당하는 여자를 떠올리지 않을 수 없었네. 여보, 그들은 모두 만주와 조선 내지에 팔려 가는 애처로운 여자인 것이오.

그녀도 그 어린 여자들 속에 섞여 있었다오. 내가 홍제환(弘濟丸)[9]의 이등실에 타고 있을 때, 그녀는 같은 배의 삼등실에서 인생의 어지러운 비극의 한 페이지를 장식할 작은 행장을 끌어안은 채 포주의 감시를 받으며 잠들어 있었소.

내가 처음으로 그녀를 본 것은 그 다음날 아침이었어. 이등실의 손님은 나를 포함해 23명으로 일등실과 이등실의 손님은 삼등실의 손님보다 먼저 승선하였지. 내가 트렁크를 맡기고 배에 오르려 할 때, 일등석에서 두 명의 서양인과 두 명의 일본인이 나왔어. 그 두 일본인 중, 한 명은 와세다대학의 다카다(高田) 박사였고 다른 한 명은 『실업지일본(實業之日本)』의 마쓰다 기이치(增田儀一) 씨였어. 나는 두 사람에게 명함을 건네 인사를 하며 긴 여행의 평안을

---

9) 홍제환(弘濟丸) : 일본 시모노세키(下關)와 부산(釜山)을 오가던 정기선박인 관부(關釜)연락선 중 하나이다. 1905년 이키마루(壹岐丸)라는 이름으로 첫 운항을 시작하여 이후 쓰시마마루(津島丸) → 우메카마루(梅香丸) → 홍제환 등으로 이름을 바꾸어 운항했다.

빌었소. 그러다 불현듯이 삼등실의 힘겨운 모습을 보게 되었고, 어제 시모노세키에서 본 어린 여성들 속에 어딘가 낯익은 얼굴이 있는 것만 같다는 생각이 들었지. 이상한 일이라 생각하며 좌우지간 대합실에 들어가 뒤따라 올라오는 여자들을 주의 깊게 보았어.

하지만 나는 그 여자가 누구인지는 알지 못했네. 왠지 어디선가 본 것만 같은 느낌이 있었을 뿐, 내 머릿속에는 그 이상의 것은 없었다네. 하물며 그 여자가 동경유수의 신문기자 시노야마(篠山)법학사의 부인 되는 사람이라는 것은 꿈에도 상상치 못하였지.

곧 젊은 여성들은 모두 배에 올라탔어. 나는 보다 예민하게 그들을 주시했지.

그 홍제환의 갑판을 올려다보자, 일행 4-5명의 여자들 중 단한 명. 아무리 봐도 고상한 부인의 모습을 지닌-그것도 우리가 도쿄 시가지에서 볼법한-스물 대여섯 살의 여자를 나는 무언가에 이끌린 듯 주의 깊게 볼 수밖에 없었소. 그리고 그녀가 마치 지방의 조로야(女郎屋)[10] 포주인 듯한 얼굴이 벌겋고 천박한 남자와 함께 있는 모습은 심히 어색하게 느껴졌나네.

4)

내가 잘못 본 것일 수도 있겠지만 그녀의 거동은 자못 침착하

---

10) 조로야(女郎屋) : 유녀(遊女)를 두고 손님에게 유흥을 제공하는 것을 업으로 하는 가게로 창가(娼家) 또는 유곽(遊廓)이라고도 한다.

고 고상하였소. 그리고 쓸쓸히 슬픔에 잠긴 듯한 모습이었지. 시종 무엇인가를 생각하고 있는 것 같이 말이오. 옅은 어둠 속 무엇인가를 찾아내는 듯한 호기심에 현혹된 나는 좌우지간 그녀의 과거를 알아보고 싶어졌소. 그녀를 분명 어디선가 본 것만 같다는 강한 신념을 머리에서 지울 수 없었던 것이지.

나는 부산역에서 그녀들이 있는 안동행의 삼등실에 잠입했고, 그녀에게 말을 건넸소.

"신바시(新橋)에서부터 하루 종일 서 계시네요."

라고 나는 먼저 말을 꺼냈네. 그러자 여자는 무슨 생각을 한 것인지 앗 하고 얼굴을 붉혔지.

"네에"

이렇게 말하고는 여자는 가만히 고개를 숙였소. 나는 전혀 신경 쓰지 않는 척을 하며

"많이 피곤하시죠, 저 역시 이미 녹초가 돼 버렸어요."

라고 말 했지만 여자는 대답 없이 고개를 숙이고 있었소. 나는 마치 형사가 범죄자의 범죄를 간파하려는 듯 여자의 숙인 고개의 옆얼굴을 지긋이 쳐다보았어.

지금 이 한 장의 막을 벗겨낸다면, 그녀의 깊고 깊은 곳에 잠재해 있던 인생의 비극이 나타날 것이다. 나는 잔인한 마음으로 그렇게 생각했소. 물론 내가 이 여자의 비밀을 모두 알게 된다면 그땐 이 여자를 위해 눈물을 흘릴 수도 있겠지만, 그 여자 자신

24

을 위해서 그것이 얼마쯤이나 위로가 될 것인가. 그 때문일까. 내가 그것을 알고 있다는 것을 그녀가 알게 되었을 때의 고통에는 미치지 못할 것이라는 생각이 들었소.

5)
아내여.

당신은 이러한 이치를 알 수 없을 것이오. '부모 때문에' 인생 착오에 빠져 이 존귀한 반평생을 강한 남성의 앞에서 마치 쓰레기처럼 보낸 당신은, 어찌 아직껏 잠자코 한 남자의 아내가 되어 살고 있는 것이오. 당신은 여성이오. 남성을 저주하라! 저 여자와 함께 남성을 저주하라! 그걸로 됐소. 그걸로 된 것이오.

나는 경부선에 타고 있는 저 중년층의 여자가 나의 지인 법학자 시노야마(篠山天斧)의 전처라는 사실을 알게 되었소. 나는 분명 저 부인을 시노야마의 집에서 한 번 본 적이 있어. 당시 저 부인에게는 아름다운 여동생이 있었던 것으로 기억하오. 기억에 남아 있던 것도 무리가 아니지.

즉, 저 부인은 시노야마의 방탕함을 견디며 사랑을 소진해 온 것이오. 처첩들에게 모욕을 받아도 오히려 그것을 참아야 한다는 동양 도덕의 희생양이 되어 눈물 속에서 수년을 보낸 것이지.

시노야마는 회사에서 받은 월급 전부를 방탕비로 소진하였고, 수 년 동안 부인은 자신의 소지품과 본가에서 가져온 돈으로 일가를 꾸려왔소. 남편의 방탕함에 삭막해져 가는 마음을 추스르며, 봄비에 땅이 젖듯이 언젠가는 따뜻한 아내의 눈물에 남편의 마음속에도 따뜻한 새잎이 돋아날 것이라 믿으며 의지할 데 없이 외롭고 슬픈 생활을 보내왔지.

남편의 방탕한 생활은 점점 심해졌지만 그녀는 피할 수 없는 운명이라 여기며 포기한 마음으로 살았다하오. 그런데 그때, 이 무의미한 생활을 벗어던질 사건이 생겼소. 시노야마가 그녀의 아버지를 속여 자금조달 서류에 서명하게 만들어 결국에는 장인의 집이 파산하기에 이른 것이지. 그리고 회사설립을 위한 자금이라는 것도 새빨간 거짓말이었으며 사실은 아카사카(赤阪)의 게이샤를 낙적(落籍)하기 위한 자본이었다는 사실이 밝혀지자, 장인도 시노야마의 배덕비도(背德非道)에 면을 깎을 수밖에 없었어.

파산은 물론 자신의 사랑스러운 딸이 시노야마과 같은 도깨비의 수중에 놀아나게 했다는 절망에 울부짖던 아버지는 결국 딸을 빼내어 집으로 돌아오게 했소.

6)

파산한 친정에 돌아온 그녀의 반평생은 다시금 눈물방울로 수놓아져야만 했다오.

부인,

당신은 이후 그녀의 운명을 내가 일일이 설명하지 않더라도 상상할 수 있을 것이오. 게다가 그녀는 장녀였고, 62세의 아버지와 어머니, 그리고 아래로 다섯 명의 동생이 있었다는 것을 말해 두고 싶구려.

내가 경성을 떠나 평양의 류옥여관에 도착한 5일째 되던 날, 그녀는 내게 이런 편지를 건넸소.

(전략)

뜻밖의 장소에서 뜻밖에 선생님을 만나게 되어, 창피한 것도 분한 것도 모두 눈물만 흐를 뿐입니다.

만약 세상을 덧없는 것이라 포기하였다면, 이제 와서 푸념하는 일은 없을 것 입니다. 생각해보면 남자는 세상에 무서운 존재이었습니다. 경성의 그날 밤, 선생님께서 해주신 상냥한 말씀에 보답할 길은 오로지 선생님과 부인의 행복을 비는 것 뿐입니다. 저는 이 쓸쓸한 조선의 산그늘에서 흉한 송장의 모습으로 나뒹굴 것을 각오하고 있습니다. 부디 부인께 상냥하게 대해주시기 바랍니다. 이것이 제 인생의 제일 큰 소원입니다. 연이 있다면 다시 만나 뵙는 날이 오겠지요. 부디 몸 건강히 여행을 마치시기 기원하겠습니다.

(눈 내리던 밤, 남조선 깊숙한 곳에서 말라가는 여자로부터)

그리고 연분홍색의 봉투의 뒷면에는 '川瀬静子'라는 힘없는 필적이 써져 있었소. (12월 20일 평양에서)

—조선급만주 제90호(1915.1.1.)

사창 사냥 이야기(私娼狩物語)

天來生

"아, 다행이다."

오소노(お園)는 잠시 가슴 언저리에서 부채를 꽉 쥐고 있던 손을 풀며 작은 숨을 내쉬었다.

"이런 무서운 꼴을 볼 바에는 아직 봉공(奉公)을 하던 시절이 얼마나 편했는지 몰라"

그녀는 임검(臨檢)11) 경찰에게 뒤를 밟히거나 손님이 없는 밤마다 되풀이 하던 한탄을 내뱉었다.

"안녕하세요."

인기척을 내며 들어오는 남자의 목소리가 귀에 설었지만, 자못 차분하기에 당연히 손님이라고 생각하였다.

---

11) 임검(臨檢) : 행정목적을 달성하기 위하여 담당공무원이 사무소·영업소·공장·창고 등에 가서 업무의 실시상황이나 장부·서류·설비·기타 물건을 검사하는 일.

"어서 오세요."

오소노가 밝은 목소리로 뛰어 나가보니, 성큼성큼 눈앞에 나타난 것은 경찰이었다. 철렁 하고 가슴이 내려앉았지만 아닌 척 하는 얼굴로 살짝 추파를 보내며

"올라오세요."

라고 말하자 구두를 벗는 것도 귀찮은 듯 구둣발로 2층으로 올라간 순사는 난폭하게 문을 열고 방에 들어갔다. 그러는 사이 오소노는 옆 건물 2층으로 통하는 문 앞을 가로막고 서서 그 모습을 보고 있었다. 지금이라도 이 문을 열라고 하면 어쩌나 부들부들 떨고 있던 것이다. 그러나 다행히도 그는 가장 중요한 그곳을 눈치 채지 못하고 돌아갔고 오소노는 식은땀을 훔쳐냈다.

"이와다(巖) 씨만 가고 나면 오늘 영업을 끝내도 되겠어. 너무 늦어지면 위험하니까."

라며 그날의 매상을 마음속으로 계산하고 있는데, 이층에서 두 번의 박수 소리가 났다. 오소노는 언제나와 같이 콧등으로 후후 웃으며 갑작스러운 방문객에 놀라 서있던 동그란 얼굴의 계집애를 향해 돌아서며 말했다.

"다케(竹) 짱 잠깐 다녀 와봐."

곧 갈 줄 알았던 이와다는 다시 파트너인 데이(貞) 짱과 다케 짱을 상대로 술을 마시기 시작했다. 오소노는 자신의 걱정은 몰라주고 늦게까지 남아 있는 이와다에게 조금 심술이 났고, 결국

주방장에게 계산대를 맡기고는 2층에 올라가 세 사람 사이에 끼어 앉았다. 그리고 술잔을 받자마자

"어머, 태평하기도 해라, 방금 임검 경찰이 왔던 것 몰라요?"

라며 데이 짱에게는 조금 나무라는 눈빛을 보내며 다케 짱에게 말했다. 어깨부터 가슴까지 하얀 피부를 농염하게 드러내고 엉덩이가 올라간 귀여운 실눈의 데이 짱은 일부러 놀라는 척을 하며

"그래요?"

라고 말했으나, 이와다는 아무 말 없이 그저 히죽히죽 웃고만 있었다. 이걸로는 부족하다고 느낀 오소노는 말을 이었다.

"요즘 정말이지 단속이 엄해져서 견딜 수가 없어요. 게다가 걸리면 내가 끌려간다니까요. 일주일에서 2주 동안이나 구류당해야 한다니 무서워서 장사 못하지요.'

"흠. 좋은 것 아닌가. 매달 보름을 경찰에서 먹여주고 재워준다면"

이와다는 언제나의 버릇처럼 비아냥거리며 말을 던졌다. 오소노는 이와다의 그 각진 얼굴 위에 있는 두꺼운 눈썹이 꿈틀대며 움직이는 것조차 밉게 보였다,

"요즘 재미있는 일이 있었지. 당신이 알 리가 없겠지만, 혼초(本町) 2번길에 있는 기린바(キリンバー) 말이야. 거기 여주인이 일주일간 갇혀있었다는군. 일주일간."

이와다는 오소노의 마음을 조금도 개의치 않으며 그 기린바의

이야기를 혼자 재미있다는 듯이 말했다. 그 장단에 맞춰 다른 두 여자아이들이 '어머 어머' 감탄사를 기계적으로 던지며 듣고 있기에 오소노도 어쩔 수 없이 잠자코 그것을 듣고 있었다.

"그때 기린바의 주인은 메이지쵸의 작은 소바집 주인과 러시아령 시베리아의 중석을 지내고 있는 오오야마(大山)를 만나러 나가서 부재중이었다더군. 사실 총독부의 ○○라는 형사가 기린바의 얼굴마담인 오노부에게 빠져서 자주 출입했었는데, 그날 밤도 오노부를 꼬드겼지만 실패하자 자포자기 심정으로 술을 마시고 결국 잠들어 버린 거야. 그런데 그 찰나에 순사가 임검을 나와서는 음식점에서 손님을 재우는 것은 불법이라며 여주인을 끌고 가서 결국 일주일간 가두었다는 거지. 그러자 러시아령에서 돌아와 그 일을 알게 된 주인이 경찰서에 가서 한판 난리를 치고 서장과 담판을 시작했다고 하더군."

이와다는 마치 직접 본 일인 양 말을 이었다.

"아무튼 ○○형사는 자기가 만취해 잠이 드는 바람에 폐를 끼쳐서 미안하다며 기린바에 사죄의 편지를 썼다디리고.'
라며 이와다가 웃자 오소노도 무심코 웃음이 터져 나왔다. 두 명의 여자도 따라 웃었다.

"가게 쪽에서도 재울 생각은 없었고, 손님도 숙박할 생각 없이 단지 취해서 자고 있었던 것인데도 이걸 규칙위반이라 하는 것은 너무하다는 것이 기린바 주인의 주장인듯해. 하지만 사후 약방문

(死後藥方文)이라고, 여주인이 화도 내고 울어보기도 했다고는 하는
데. 정식재판을 할 수도 있었다는데 그것도 모르고 이미 구류가
돼버렸다니까. 대체 그 집은 어찌 되는지.”
라며 이와다는 잠시 진지해졌다.

오소노는
“글쎄 어찌 될까요.”
라고 말했지만, 실은 그 가게 주인이란 사람이 전 말단공무원 출
신에 꽤나 성가신 사람이어서 가게 주인을 하기에는 어울리지 않
는 사람이라고 생각했다.

“이전에도 기린바 주인이랑 순사가 싸운 일이 있었지. 간판을
걸면 안된다든가 하는 일로 말이야. 그러자 순사 쪽에서 업무방
해인가 뭔가로 고소했다더군.”

“경찰 쪽도 꽤나 성미가 고약하네요.”
라고 오소노가 말하자 다케 짱이
“그런 걸 법을 새운다(立憲)라고 하지요.”
하고 웃는다.

“뭐- 그러고 보면 당신들도 한 번쯤은 당해볼만 하지. 아직까
진 편했잖아. 그동안 당한 게 뭐 있나. 아직은 편한 거지. 당한 게
있나 뭐.”
라고 가벼운 웃음을 지으며 무언가를 찾는 듯한 이와다는 오소노
와 눈이 마주쳤다. 그 순간 오소노는

"아니, 아니. 구류라니요."

라며 몸을 떨었다.

"지금 구류 일 이주 따위를 무서워해서야 장사를 할 수 있겠느냐고? 강하게 나오는군."

이와다는 장난치듯 말하며 양쪽의 여자들을 돌아가며 쳐다보았다.

"그야 그렇지만… 하지만 우리 집에는 아무도 모르는 비밀의 방이 있으니까요."

오소노는 심하게 들뜬 목소리로 안심하듯 말해보였다. 이와다는 여전히 장난치듯

"비밀의 방은 어느 가게에나 있어. 서 너길 떨어진 집으로 이어지거나 뒷문을 통해 옆집으로 들어가거나. 대단한 건 얼마든지 있어. 형사가 손님을 가장해 와서는 즐기는 척 하다가 문을 잡아당기거나 하니까. 그 정도의 일은 금방 간파한다고.'

"그리고 공무상 손님인척 하고 오는 녀석들은 그나마 양반이지. 개중에는 진짜 손님이 되어 마시거나 잠을 자고는 결국 계산은 다음에 하겠다며 돌아가는 녀석들도 있잖아"

라며 일부러 밉살스러운 어조로 말했다.

그때 아래층에서 인기척이 들렸고 오소노는 자리를 떠났다. 현관에는 헌팅캡을 깊게 눌러 쓴 처음 보는 손님이 서 있었다.

"어서 오세요. 다케 짱 안내해주렴."

2층을 향해 소리치자 손님은 조용히 웃으며 이층에 올라갔다.

오소노는 2층에 올라가지 않았다. 계산대의 화로에 기대어 누군가가 두고 간 아사히 신문에 불을 붙여 담배를 피우며, 이 장사는 왜 이리도 힘이 드는 것인가 따위를 생각했다. 기린바의 이야기가 정말이라면 우리 가게에서도 그런 일이 몇 번이나 있었는지 알 수 없다. 바로 이전에도, 두 명의 친구를 데려온 손님이 친구들은 숙박시켜 달라고 때를 쓴 적이 있었다. 안 된다며 두 사람을 숙박시키지 않고 돌려보내려 하자 두 사람 모두 그럼 그냥 아침까지 마시고 가겠다고 하더니 그대로 잠들어버린 적도 있다. 그날 임검이 왔었더라면…이라 생각하자 땀이 난 몸이 차가워지는 것이 느껴졌다. 요즘 다이헤쵸(太平町) 쪽에서는 가게에 여자를 한 명밖에 두지 못한다고 한다. 건너편의 가게 두 곳도 결국 문을 닫아서 이 동네에서는 화설(花雪)과 우리 가게 두 곳만 남았다. 고가네쵸(黃金町) 쪽에서도 이제 숙박은 하지 않는다고 했다. 하지만 그곳은 하룻밤에도 대 여섯 명의 손님이 아무것도 먹지 않고 놀다 돌아간다고 하니 놀라울 따름이다. 오소노는 동양척식주식회사 중역의 집에서 조추(女中)[12]를 살았던 우치다(內田)라는 여자가 와서 한 이야기를 떠올렸다. 주인의 마음에 든 게이샤 출신의 첩이 들어오면서 자신이 쫓겨났다는 이야기였다. 게이샤들도 꽤

---

12) 조추(女中) : 가정, 여관, 요정 등에서 살면서 일하는 여성에 대한, 일본의 역사적 호칭이다.

나 지독하다고 하는데 경찰은 왜 게이샤 쪽을 단속하지 않고 내버려두는 것일까. 큰 요릿집일수록 더 심하다. 치요모토(千代本)나 청화정(淸華亭) 같은 경우는 매일 밤 숙박하는 손님이 여러 팀 있다고 한다. 게이샤라고 해도 손님을 받으면 똑같은 것인데 1원과 10원로 구별되는 계산. 싼 가격은 벌을 받고 비싼 건 문제 없다는 것은 이상하다. 어젯밤에도 한 손님이 경찰서장이 한 말에 대해 이야기 하였다. 커다란 가게에서 노는 것은 밖에 잘 알려지지 않으며, 부자들은 사람들에게 알려질 만한 멍청한 짓을 하지 않기 때문에 세상에 해가 되지 않는다고 말했다는 것이다. 하지만 높은 사람들이 게이샤놀음을 하고 있을 때 젊은이들은 이런 곳에 오는 것이 당연한 일 아닌가. 참 이상한 세상이야-

이런 생각을 하던 오소노는 이번에는 자신이 요리점에서 일하던 시절, 대위인 마쓰모토(松本) 씨에게서 나쁜 병을 옮아 1년간 고생했던 기억을 떠올렸다. 근래에도 군인 중 나쁜 병에 걸린 사람이 칠 할을 넘어 관리가 더 삼엄해졌다는 이야기를 들었다. 이 병만은 정말로 무서웠다. 오소노는 여기까시 생각히고는

"아 싫다."

저도 모르게 한숨을 쉬고는 일렬로 서 있는 술병의 수를 세었다.

잠시 뒤, 이와다는 데이 짱의 배웅을 받으며 돌아갔다. 다른 한 명의 손님은 다케 짱을 상대로 이야기하고 있었으나, 데이 짱이

들어가자 다케 짱은 교대하고 아래로 내려오고 말았다.

"왜 내려왔어?"

라고 묻자 다케 짱은 무서운 듯이

"저 사람 계속 이상한 말만 해요. 한 시간에 얼마냐 느니. 50전에 어떠냐는 둥. 저 싫어요. 싫어서 데이 짱에게 부탁한 거예요."

라고 말하고는 꽤나 안심한 듯 가슴을 쓸어내리며 오소노의 뒤쪽에 앉았다. 오소노는 데이 짱도 오늘은 이만 쉬게 하고 싶었지만 마음대로 나오게 할 수도 없으니 2층의 상황에 귀를 기울였다.

조금 후, 데이 짱은 즐거운 듯 자랑스러운 웃음을 지으며 내려와 언제나처럼 오소노의 귀에 귓속말을 하였다. 오소노는 언제나와 같이 알아듣고 계산서를 준비하였다.

그로부터 10분도 지나지 않았다. 오소노는 결국 자신의 차례가 되었음을 직감하고는 몸을 굳히며 일어섰다. 땀이 전신으로 주르륵흘렀다. 데이 짱은 훌쩍훌쩍 울며 오비(帶)13)를 고쳐 묶고 있었다. 오소노의 왼손은 손님이라 여겼던 형사의 오른손에 의해 강하게 붙잡혔다.

"부디 이번만 봐주세요. 이제 앞으로는 절대 나쁜 짓 하지 않겠습니다."

오소노는 처음으로 마음속 깊은 곳에서부터 자신이 나쁜 일을

---

13) 오비(帶) : 여성용 기모노를 입을 때 허리 부분에서 옷을 여며주는 띠이다.

하고 있었다는 생각이 들었다.

"지금껏 몇 번이나 눈감아주었는지 모른다. 자 가지."

남자는 가차 없이 오소노를 바닥에 던졌다.

"너도 함께 간다."

울고 있는 데이 짱을 바라본 형사의 눈동자가 반짝 하고 전등 빛에 빛났다.

—조선급만주 110호(1916.9.)

[압강비화] 깊은 밤… 강물에 떨어진 꽃
－기묘한 운명에 농락당한 여자의 일생－
([鴨江悲話] 更けし夜の… 川波に散りし花)

吉浦舷歌

한줄기의 빛이 번개와 같이 어둠 속을 흘러갔다.

갑자기 '앗' 하는 비명과 함께 고요한 수면이 흔들리며, 별을 품은 물방울이 반짝반짝 빛났다. 일순… 그리고는 다시 죽음과 같은 침묵이 무한의 어둠에 깊어진다.

사공이 노래를 부르며 강을 내려온다.

휘파람새가 운다.

마치 밝은 봄빛이 움트는 절벽의 푸름을 띄는 듯한 압록강의 수면은 유구한 평화를 헐뜯기라도 하는 듯 한가로운 태양빛을 받아내고 있다. 작두콩 장작에서 피어오르는 연기를 온화한 바람이 다독이는데, 사공이 돌연 절벽에서 멀어졌다.

"엇"

사공의 눈이 이상하게 빛났다.

검은 옷을 입은 중국인과 흰옷을 입은 조선인, 다양한 옷을 입은 내지인 무리가 모두 어두운 기색으로 어수선하게 이야기를 나누고 있다. 몸에 두른 새빨간 유마키(湯卷)14)가 풀어져 적나라하게 보이는 하얀 허벅지. 풀어 헤쳐진 앞가슴과 어깨에서 젖가슴 위까지 찢겨진 새빨간 상처.

스물 네 다섯 살로 보이는 아름다운 여자의 옆얼굴에서 옻나무처럼 새까만 머리카락이 흘러내려 무정한 물가의 물을 어지럽힌다.

-죽은 미인?

-살인?

봄볕이 압록강변의 풀밭을 비춘다…

        *   *   *

라고. 먼저 마지막 장을 보여주고, 지금부터 적으려는 이야기에 독자의 호기심을 그대로 가지고 가고 싶다.

        *   *   *

"용서해 주세요."

---

14) 유마키(湯卷) : 여자의 허리에 두르는 천으로 일본식 속치마이다.

오사키(お吸)는 흘러넘치는 눈물을 닦으려고도 하지 않은 채, 18년간 살아온 집을 뒤로하고 가을비가 내리는 밤길을 방황하고 있었다.

…이 무슨 저주스러운 운명의 장난이란 말인가.

…이 얼마나 무서운 신의 외면이란 말인가.

그녀가 오늘날까지 아버지라 생각하고 가족이라 따르던 이들과 함께 했던 집은 그녀에게 있어 무서운 인연의 둥지였던 것이다.

*　　　　　*　　　　　*

치기 어린 남녀가 아름답고 화려하게 세워 올린 사랑의 전당에 어둠처럼 침입한 그림자 -그리고 그곳에는 소용돌이가 되어 싸우는 애욕의 냄비가 들끓는다. 권력과 황금을 지닌 그 침입자는 결국 그녀를 데리고 모습을 감추었다. 사랑하는 이를 잃은 남자는 하늘을 향해 화를 내고 땅에 엎드려 울부짖으며 맹렬히 타오르는 진애에 휩싸여 있었다.

당시 여자의 태내에 움트고 있던 '조그마한 생명'은 여전히 생장하고 발육해 가고 있었다.

어느 밤 비참한 사건―황금과 권력으로 여자를 빼앗아 간 남자가 자신의 발에 밟혀 쓰러진 사랑의 패배자의 피를 이어받은 아이의 울음소리를 들으며 밀려드는 이상한 감정에 괴로워하던 그때, 어둠 속에서 날아든 하얀 칼날이 두 사람의 등을 내리쳤다.

하얗게 물들어 쓰러진 여자의 모습. 심한 상처를 입어 정신을 잃은 남자의 모습—칼날의 주인은 실연의 고뇌로부터 구원받은 듯 옅은 웃음을 짓고 있다. 아아, 아기. 그는 무심히 아이를 안아 들고는 소리를 내어 울었다. 나의 아이. 하지만 너는 배신자의 아이이다. 사랑을 배신하고 황금을 쫓아간 원망스러운 여자의 아이이다. 하지만 이 무슨 무심함인가. 이 무슨 아름다움인가. 운명은 가혹하다. 운명은 너무도 냉혹하다!

그는 칠흑 같은 어두움 속을 질주했다.

*   *   *

오사키의 어머니를 두고 일어난 여러 무서운 사건이 새삼 오사키의 마음을 옭아매어 한없는 암흑 속으로 가라앉고 있다.

"…아버지의 등에 난 커다란 상처는 나의 친아버지에게 찔린 상처였던 것인가. 그렇다면… 병으로 돌아가셨다던 어머니는 나의 진아버지를 배신하고 원방의 칼날에 돌아가신 것인가."

멈추지 않고 흐르는 차가운 눈물에 눈이 얼고, 비오는 거리의 쓸쓸한 등불이 마치 불덩이처럼 눈동자에 흩어진다.

"…그렇다면, 친아버지는… 친아버지는 지금 어떻게 살고 계시는 걸까…"

기억나지 않는 육친의 아버지가 그립다. 사람을 죽인 자라 하더라도 육친의 아버지라면…

    *   *   *

안동현 3번길의 복정루(福井樓)에서는 최근 규슈에서 이주해 온 구마즈키(駒次)라는 여자가 출중한 미모와 애교로 많은 손님에게 인기를 끌고 있었다.

일단 이곳에 온 손님들의 눈길이 향하는 곳은 중앙에 걸려있는 새로운 게이샤 구마즈키의 사진이었다.

입이 걸은 손님들도 그녀의 사진을 보고는 나쁜 말 한마디 하지 않았다.

"내가 이렇게나 너를 생각하는데도, 너는 나를 조금도 생각해주지 않는구나. 너를 위해서라면 십만 원이 넘는 돈을 주더라도 상관없어."

구마즈키를 게이샤 명부에서 빼내고자 하던 남자는 그 지방의 유명한 목제상의 아들이었다. 와세다(早稲田)인가 어딘가의 상과(商科)를 나온 젊은 남자로, 한번 결정하면 어떻게든 이루고야 마는 남자였다.

하지만 구마즈키는 그때마다

"기뻐요… 하지만 당신은 대갓집의 도련님이잖아요. 저 같은 몸도 마음도 닳아버린 천한 몸이 어떻게 그 말씀을 받아들일 수 있겠어요. 마음은 감사하지만 받아들일 수 없어요. 다시 세상에 태어날 수만 있다면 저도 당신처럼 훌륭한 분의 아내가 될 수 있는 아름다운 여인으로 태어나고 싶어요…"
라고 말했다.

남자는 그 부즉불리(不卽不離)한 말에 농락당한 듯 초조함을 느끼며, 사랑의 마음에 조금씩 조금씩 지울 수 없는 집착을 느꼈다.

$$* \qquad * \qquad *$$

"아버지라고 부르게 해주세요, 아버지라고요."

구마즈키는 솟아오르는 그리움을 어찌 하지 못하여, 때때로 이 오십 언저리의 손님에게 응석을 부리고 싶어지곤 했다.

높은 콧대에 그린 듯한 검은 눈썹. 이제 막 오십을 넘었다고 하지만, 이마에서 볼까지 깊게 페인 주름. 그것은 어쩐지 견뎌온 고난의 흔적을 이야기 하는 듯, 근심 가득한 눈동자와 함께 나이보다 다섯 살이나 여섯 살 쯤 더 늙어보이게 했다.

"아버지가 되어 주겠네. 딸이라고도 불러주겠네."

남자는 취한 눈에서 흘러넘치는 눈물을 슬쩍 훔치며 다시 술잔을 채웠다.

…그리운 이. 반가운 이.

하지만 결코 사랑은 아니다. 색욕의 사랑이나 들뜬 마음으로 그리워하는 것은 아니다. 구마즈키는 동료들의 멸시와 포주의 충고에도 불구하고, 홀연히 나타났다 홀연히 사라지는 이 남자에게

빨려드는 애착을 어찌할 수 없었다.

오십 살 남자에 대한 구마즈키의 마음은 동료들의 웃음거리가 되었고, 구마즈키를 사모하는 많은 손님의 질투를 샀다. 특히 목제상의 아들은 자신이 황금과 명망을 믿다가 결국 볼품없는 쉰 살 남자에게 졌다는 패배감과 여자의 마음을 얻지 못했다는 실망감에 견딜 수 없었다.

그리고 그것은 더욱더 구마즈키에 대한 집착이 되었고, 그는 매일 밤낮으로 그녀를 찾아와 돈으로 환심을 사고자 노력했다.

"그럴 수 없어요. 저는 당신처럼 돈과 행복에 둘러싸인 분의 아내가 될 수 없어요. 제가 진심으로 연모하고 진심으로 이 몸을 바칠 수 있는 사람은 그림자처럼 가난한 사람이에요."

      *   *   *

네 닷새 후- 봄의 예감이 조금씩 가슴에 스며드는 어느 밤, 고마즈키는 복정루에서 홀연히 자취를 감추었다.

쉰 살의 남자와 허름한 집에 숨어 있었다…

쉰 살의 남자는 사실 그녀의 친부였던 것이다. 그리고 축생도(畜生道)에 떨어진 그녀는 어딘가로 방황했다…

정사(情死)한 것이다…

이러한 이야기가 사람들의 입을 타고 전해지던 어느 날 아침, 뱃사공에게 발견된 여자의 시체는 틀림없이 구마즈키였다.

       *   *   *

독자여, 구마즈키는 오사키의 말로였다. 그리고 그림자와 같던 쉰 살의 남자는 오사키의 어머니를 죽이고 십 년형을 마친 오사키 친아버지의 볼품없는 모습이었다.

그리고 구마즈키를 살해한 이는 어쩌면 목제상의 아들일 것이라는 소문이 있었지만 그것은 단지 소문일 뿐, 범인이 누구인지는 모른다.

— 조선급만주 209호(1925.4.)

○○식당의 단발미인에 얽힌 애화
(○○食堂の斷髪美人の哀話)

鉉歌樓醉客

보답받지 못한 사랑에 울던 여자는 매일 밤낮으로 고통에 눈물을 흘리고 있습니다. 끊을 수 없는 사랑. 부족한 사랑. 이것은 그녀에게 죽음과 같은 괴로움이었으나, 이성적인 그녀는 냉철한 해답 아래에서 피어린 하루하루를 보내고 있었습니다.

그렇다면, 어째서 그녀는 그 검은 머리카락을 자른 것인가요?

어째서 샤미셴(三味線)[15]을 버리고 스스로 카페의 여자가 된 것인가요.

거기에는 이 같은 슬픈 로맨스가 있습니다.

---

15) 샤미셴(三味線) : 일본의 가장 대표적인 현악기로 민요의 반주나 근세 일본 음악의 대부분의 종목에 사용된다. 4개의 판자를 합친 통[胴]에다 긴 지판(指板)을 달고 그 위에 비단실로 꼰 세 줄의 현을 친 것으로, 동피(胴皮)로는 고양이나 개의 가죽이 쓰인다. 연주 방법은 통의 오른쪽 테를 오른쪽 무릎에 얹고, 지판을 왼손으로 받치면서 손끝으로 현을 누르며 오른손의 발목(撥木)으로 켠다.

                    *   *   *

　압록강 근처 홀로 서있는 누각 이층에 깊은 생각에 잠긴 한 젊은 게이샤가 한 명 서 있습니다. 꿈도 아닌 현실도 아닌, 마치 착시처럼 보였습니다.

　그녀는 그 전날 밤, 어느 요리정의 연회장에서 우연히 아름다운 이를 만났습니다.

　정열적으로 타오르는 눈동자, 젊디젊은 붉은 뺨, 몸 전체에 흐르는 차분함… 그러한 남자의 인상이 마치 도장처럼 그녀의 머릿속에 가슴 속에 각인되어 지금 그녀는 어찌할 수도 없는 사랑의 노예가 되고 말았습니다.

　여자 열여덟의 피가 타오릅니다.

　그러나 그녀는 부평초(浮川竹)[16]와 같은 유녀(遊女).

                    *   *   *

　…몸도 마음도 목숨도 필요 없다. 사랑을 가엾이 여겨 스스로 남자의 가슴에 뛰어든 여자.

　…당신의 마음을 사랑합니다. 그 타는 듯한 열정과 끊이지 않는 사랑에 감동하여 여자를 껴안은 남자.

---

16) 부평초(浮川竹) : 강변의 대나무처럼 물에 떴다 가라앉았다 하는 부평초 같은 유녀(遊女)의 신세를 비유한 말.

물결 이는 강물에 밤은 점점 깊어가지만 두 사람의 달콤한 속삭임은 끊이지 않습니다.

그러나 한 자루의 피리에 일신을 의탁해 살아가던 S는 이 형편 없는 강변 마을을 떠나고자 마음을 먹었고, 치솟는 희망과 포부를 품은 채 경성으로 향했습니다.

괴로운 이별이지만 그를 위한 일이라며 잡을 수조차 없던 여자는 멀어져만 가는 기차를 하염없이 바라보며 환하게 웃던 남자의 얼굴을 떠올렸습니다.

우연히 만나 우연히 헤어진 남자일지도… 샤미센 소리와 엉클어진 마음. 술과도 친해진 그녀는 내뱉는 담배 연기 속에서도 남자의 얼굴을 떠올렸습니다.

여자가 강변에서 모습을 감춘 것은 한여름이 지난 때였습니다.

＊　　　　　＊　　　　　＊

경성 남산 아래에 있는 어느 하숙집. 두 명의 연인은 아무 말 없이 서로를 껴안고 있었습니다. 남자의 눈에서도 여자의 눈에서도 하염없는 눈물만이 흐르고 있었습니다.

화려했던 지난날에 비교해보면 두 사람의 생활은 형편없는 하루하루였지만 여자의 마음만은 설레었습니다.

그녀의 가슴은 타올랐습니다. 사랑은 수많은 용기와 열정을 그녀에게 부여했습니다.

그렇지만 사랑이란 것은 어찌나 괴상한 것인지. 마음의 속임수, 그것이야말로 연애가 갖는 특질이 아닐까요. 여자가 보여주는 마음과 친절이 어느 사이엔가 남자의 마음을 불쾌하게 만든 것입니다. 감상적인 것은 자칫 감정에 치우치기 쉬운 것. 불쾌함은 결국 증오가 되었고 그녀는 쓸쓸한 마음에 괴로워했습니다.

*　　　　　*　　　　　*

마른들판에 피는 꽃을 사랑에 비유한 실연의 시인의 탄식은 그녀의 비애였습니다.

은빛 주전자에 담긴 채 식어버린 향기의 매정함이여. 모든 것을 다 바쳐 사랑을 쏟아내도 멀어져만 가던 남자의 마음은 단한 번 돌아봐 주는 일 없었고, 결국 눈물과 함께 떠나보내야 했습니다.

작은 화로를 가운데 두고 남자와 여자는 마주 앉아 있습니다. 서로 침묵을 지키고 있습니다. 숨이 막힐 듯한 불안과 초조함이 두 사람을 둘러쌉니다.

"나는 헤어지고 싶어. 서로를 위해. 두 사람의 행복을 위해."

남자는 단호하게 말했습니다.

"서로를 위해서라고요? 두 사람의 행복을 위해서라고요?"

무념과 실망과 고뇌에 그녀는 눈물을 흘렸습니다.

"당신을 잃고 나면 나의 행복은 어디에 있는 것일까요. 당신

없이는 행복을 생각할 수조차 없어요.”

절망적인 그녀는 말했습니다.

“당신!”

결국 이렇게 말하며 시마다(島田)를 바라보는 그녀의 눈동자에
는 애처로운 원망이 가득했습니다. 그러나 남자는 그녀의 우울
한 소리를 듣는 것조차 불쾌하다는 듯 굳게 입을 다물고 말았습
니다.

해가 저물어 가는 저녁, 부슬부슬 비가 내리고 있었습니다.

돌연 그녀는 칼을 꺼내들었습니다. 가녀린 손에 머리카락을 움
켜 쥔 그녀는 말릴 겨를도 없이 단숨에 잘라내었습니다.

그녀의 얼굴은 흙빛으로 변하여 부들부들 떨고 있었습니다. 그
리고는 광기로 날뛰는 마음에 눈에 띄는 옷가지를 닥치는 대로
갈기갈기 찢어버렸습니다.

극도의 흥분에 휩싸인 그녀는 마치 죽은 사람처럼 그곳에 쓰
러졌습니다.

*   *   *

겁에 질려 그 광경을 바라보던 남자는 그제야 조심조심 여자
에게 다가왔습니다.

“뭐야. 어떻게 된 거야.”

목소리는 두려움에 떨리고 있었습니다. 여자는 창백해진 얼굴

을 들었습니다.

"…목숨보다도 소중하게 생각하던 머리카락은 이처럼 되었습니다. 그리고 눈물과 피로 만들어낸 기모노도 지금은 모두 찢겨져 버렸습니다. 아아 나에게 남은 것은 아무것도 없습니다. 이제더 이상 내게는 아무것도 남아 있지 않습니다. 만약 당신이 나에게 이슬만큼이라도 정이 남아 있다면, 부디 이전처럼 사랑한다고 말해주세요. 그 여성분을 위해 검은 머리도 기모노도 갈가리 찢어낸 불쌍한 저를 위해 사랑한다고 말해주세요."

"사랑한다. 사랑해"

남자는 당황하며 말했습니다. 하지만 그것은 진실로 여자를 사랑한다는 진심은 아니었습니다. 단지 여자의 격정을 진정시키기위해서였습니다. 변명에 불과한 것이었습니다.

하지만 이 얼마나 가련한 여자인가. 애처로운 여자인가. 그 한마디에 만족한 여자는

"고맙습니다."

리고 말하며 남자 손을 잡고 뚝뚝 눈물을 흘렸습니다.

*　　　　　*　　　　　*

그 후 여자는 여의치 않은 남자의 생활을 돕기 위해 매일 밤혼쵸(本町)에 있는 바에 나타났습니다.

술 냄새와 여자의 교성과… 빛나는 청춘의 혈기에 조바심 내

는 젊은이들의 유일한 환락의 장소에 스스로 몸을 던진 그녀는, 수많은 남자들의 목표가 되었고 유혹의 손길은 그녀에게 향했습니다.

하지만 그녀에게는 S가 있었기 때문에 그러한 유혹과 고통 모두를 죽기를 각오한 운명으로 여길 수 있었고, 오직 시마다에게 몇 장의 지폐와 은화를 건네는 것을 유일한 즐거움으로 삼고 있었습니다. 하지만 S의 마음은 결코 그녀의 것이 아니었습니다. 달랠 길 없는 마음에 괴로워하며 수많은 날을 보내던 어느 밤, 그녀는 경성을 떠나고야 말았습니다.

*　　　　　*　　　　　*

경성으로 몰려 든 많은 이들의 냄새가 한데 섞여 사람들을 현혹시키는 경성역. 부산행 직통열차가 출발하기 직전의 일이었습니다. 돌연 복잡하게 섞인 냄새 무더기 속에서 여자의 높은 고함소리가 들렸습니다.

남자는 자신의 목을 조르는 여자의 손을 잡으며 몹시 당황하고 있었습니다. 여자의 눈은 붉게 뒤집혀 마치 피에 물든 것처럼 보였습니다.

그것은 S와 그녀였던 것입니다.

사랑을 잃고 쇠잔한 몸을 이끌며 이곳저곳 떠돌아다니던 그녀는 어수선한 플랫폼에 가득 찬 사람들의 냄새에 결국 이성을 잃고 말았습니다. 끝까지 냉담한 반응을 보이는 남자의 모습에 솟아오르는 슬픔과 분노를 누르지 못하고 울부짖으며 발작을 일으킨 것입니다.

경관과 사람들의 제지에 겨우 진정한 그녀는 맥없이 전차에 앉았습니다.

＊　　　　　＊　　　　　＊

지워지지 않는 사랑의 상처에 눈물 지으며 부산과 원산 등지를 정처 없이 떠돌아다니던 그녀는 가슴 높이 새하얀 에이프런을 입은 여급이 되었습니다. 그렇지만 그녀의 생활은 마음 달랠 길 없이 안타깝습니다. 매일 밤낮으로 찾아오는 남성도 있었지만 S에 비하면 모두 실망스러운 자들뿐이었습니다. S의 차가운 행동에 지쳐 그를 대신할 새로운 남성을 찾으려 했지만, S에 버금가는 남성을 만날 수 없었습니다. 그에게 끝없이 흔들리는 마음, 이 얼마나 자존심 없는 것인가. 이 얼마나 약한 여자인가.라는 생각이 들지만, 그녀의 흔들림은 어찌할 수 없는 마음의 외침이자 요구인 것입니다.

＊　　　　　＊　　　　　＊

결국 그녀는 방황의 여행에서 돌아와 다시 한 번 남자에게 간절한 속마음을 죄다 고백했습니다.

하지만 남자는 여전히 냉담한 모습이었습니다.

돌려받지 못하는 사랑의 마음. 어느 날 무언가를 결심한 그녀는 도쿄에 있는 친구에게 편지를 보냈습니다.

푸르게 빛나는 예리한 칼이 그녀의 손에 들어온 것입니다.

남자는 그것을 보고 소리쳤습니다.

"용서해 주세요. 하지만 저는 어떻게 해서든 당신의 마음을 가져야만 해요. 어떻게 해서든 제 마음을 치료해야만 해요. 사실은 당신을 죽이고 싶어요. 당신을 죽이고 나도 죽고 싶어요. 하지만 그건 제게 불가능한 일이에요…

당신을 만나 나는 사랑을 알게 되었어요, 하늘에서도 땅에서도 제 몸을 허락한 유일한 이성입니다. 나는 지금도 당신을 사랑하고 있어요. 그러니 내가 어찌 이 칼로 당신을 찌를 수 있겠어요.

…당신을 죽일 수 없어요, 이 칼이 당신을 향할 일도 없지요. 그 대신 그 여자의 가족을 죽일 거예요. 아버지나 어머니든, 반드시 내 손으로 해 보일 거예요."

실연의 한은 예리한 칼날에 번쩍이는 광기였고, 흔들리는 무서운 마음이었습니다. 공포감에 넋이 나가버린 S는 매일 밤 마음 놓고 잠에 들지도 못하고 말 못할 불안감에 떨다가 자취를 감추고 말았습니다.

*　　　　　*　　　　　*

…당신 없이는 아무 것도 아닌 나는

지금은 카페에 피는 꽃…

푸른 달을 바라보며 노래하는 그녀의 목소리에 그녀의 절절한 마음이 묻어납니다. 그녀의 수난의 사랑이 언젠가 아름답게 보답받을 수 있기를 바라며, 애달픈 그녀를 위해 기도하는 마음으로 펜을 놓겠습니다.

― 조선급만주 206호(1925.1.)

카페 애화(カフエ一哀話)

暮二

　'카페여급'의 사연. 그다지 특별할 것도 없는 이야기이다. 그러나 카페여급이 부인의 직업으로 부상하기 시작한 요즈음, 이는 그냥 웃고 넘길 수 없는 이야기인 것 같다. 그녀들의 처지를 생각해 보면 애처로운 그 모습에 눈물이 고인다. 하지만 사회는 가련한 그녀들을 구제하려 하기보다는 항상 차가운 시선만을 던지고 있다.

　가련한 여자여, '카페의 여급'들이여. 구렁에서 헤어날 길은 없는 것인가, 가련한 여자들이여.

　다니모토 기미코(谷本君子)!! 그녀가 '카페여급'이 된 사연은 흔해 빠진 이야기들과 마찬가지이다. 하지만 그녀의 무지함에 눈물이 나고 동정의 마음이 생긴다.

　어느 봄밤. 그녀는 올해로 22살이 되었지만 언뜻 보면 두세 살은 어려 보인다. 그녀의 얼굴이 둥근 탓이겠지만, 그녀에게서 소녀 같은 모습을 발견하기는 어렵다. 그녀는 쓸쓸한 표정을 지으며 지금까지의 사연에 대해 이야기했다.

"제가 태어난 곳은 치바(千葉)의 어느 해안마을로, 아버지는 의사를 하시며 지방에서 꽤나 존경을 받는 분이셨어요. 어머니는 내가 소학교에 들어가던 해에 돌아가셨고요. 아버지가 살아계셨더라면 아마 저는 지금처럼 살고 있지 않았을 거예요. 아버지나 어머니를 원망하는 것은 아닙니다만… 지금의 새어머니가 들어온 후로 여동생과 남동생이 생겼고, 올해 여자애는 11살 남자아이는 8살이 되었습니다. 그리고 오빠가 한 명 있습니다. ××의전을 졸업하고 도쿄의 어느 병원에 근무하고 있습니다. 현재는 슬프게도 연락이 닿지 않습니다.

제가 여학교를 졸업한 것이 18살 때입니다. 그때까지는 세상의 험난함을 모른 채 천진난만한 생활을 보냈습니다. 생각해보면 18살이 헤어짐의 해였지요. 저의 일생을 좌우하는 비극의 서막은 그 해에 열린 것입니다. 그 해에 저에게 생각지도 못한 일이 일어났습니다. 그것은 결혼문제였습니다. 학교를 막 졸업한 어린 저는 정말이지 결혼 따위를 생각해본 적조차 없었어요. 상급학교에 입학하고 싶은 마음뿐이었기에 부모님께 부탁해봤지만, 여자에게 교육은 필요하지 않다는 말씀만 하셨고 결국 저는 도쿄에 있는 오빠에게 상담을 하게 되었습니다. 하지만 결국 오빠에게 여자는 여학교만 나오면 된다. 상급학교에 갈 필요는 없다. 그런

허영심은 버리라는 설교만을 듣고 돌아왔습니다.

그로부터 한 달도 지나지 않아 부모님은 저의 결혼을 결정하셨고 저의 동의를 구하셨습니다. 결혼 상대는 새어머니의 사촌동생으로 종교 색이 강한 ××대학 3학년이었습니다. 그 사람과는 모르는 사이가 아니었습니다. 방학 중에는 자주 저희 집에 놀러 와 생활했고요. 저는 결혼 상대가 그 사람이라는 소리를 듣고 놀랐습니다. 저는 그 사람과 결혼은 물론, 친해질 생각도 없었기 때문입니다. 이 결혼은 지금의 어머니가 자신의 안위만을 생각해 결정한 것으로 저에 대한 배려는 조금도 하지 않은 것이었습니다. 지금껏 이 같은 일이 수없이 많았지만, 이건 너무 심했다고 생각해요.

아버지에게 싫다고 몇 번이나 말 했지만 들어주지 않으셨고, 오빠에게도 상담했지만 상대 남자는 대학에서 교육을 받았고 친척관계이니 아주 좋은 상대라며 결혼을 하면 되지 않느냐고 했습니다. 믿고 의지할 곳이 완전히 사라진 느낌이었습니다. 태어나 처음으로 '죽고 싶다'는 생각이 들었습니다. 부모님의 극성맞은 재촉에 화가 난 저는 싫다는 저의 의사를 명확하게 보였지요. 그리고 그 후의 부모님의 태도는 눈에 보일 정도로 바뀌고 말았습니다.

저는 그저 아버지가 원망스러웠습니다. 같은 자식인데 저에게만 차갑게 대하는 아버지를 보면 눈물이 멈추지 않고 흘렀습니다다. 사이가 틀어진 채로 집에 함께 있는 것은 고통이었습니다. 결혼이든 가출이든 한 가지를 선택해야만 했습니다. 가출밖에 답이 없다고 생각했지만 제 생각이 짧았던 것이지요. 그저 도쿄로, 도쿄로 가야 한다고만 생각했습니다. 그때 저는 도시를 동경하고 있었습니다. 도쿄에는 내가 바라는 학교가 있다! 18세의 여름, 가출을 결심했습니다.

도쿄로 갔습니다. 도쿄에 도착해 머무를 곳이 없자 매우 난감했습니다. 저렴한 하숙집에 거처를 마련하자 가장 먼저 걱정되는 것은 먹는 것에 대한 문제였습니다. 사무원이 되기에는 복잡한 절차를 밟아야 했기 때문에 최근 직업부인으로 생겨난 '카페여급'이 되기로 했습니다. '카페여급'은 무학력에 생초보인 사람도 할 수 있고, 비교적 느긋한 직업이기 때문에 별로 거리낄 것이 없었지요. 저는 여성의 직업 중에서도 가장 위험하고 저급한 직업을 선택함으로써 스스로 몸을 파괴하는 지경에 다다르게 된 것입니다. 이는 자업자득이라 할 수밖에 없습니다.

'카페'는 젊은 남녀가 만나는 장소인 이상, 항상 연애관계기 생겨납니다. '카페여급'의 대부분은 돈과 남자에 의해 몸을 망칩니다. 창피하게도 저도 그중 하나입니다. 저는 사정상 그전까지는 이성과 접한 경험이 거의 없었지만, '카페'에 들어오게 된 이후 원하지 않더라도 이성과 접촉할 수밖에 없지요. 그렇게 저는 점점 이성에게 흥미를 갖게 되었습니다. 제가 '카페'생활을 시작하고 한 달쯤 지날 무렵, 어느 가곡단의 배우와 사랑에 빠지게 되었습니다. 지금 와서 당시를 떠올려보면, 저는 그저 한때의 장난감에 불과하였지만, 아직 어린 소녀였던 저는 그 남자에게 맹목적으로 빠져 있었습니다. 결국 만주로 사랑의 도피를 떠나자는 이야기가 나왔고 '몇 일 몇 시 요코하마(橫浜) 역'에서 만나기로 약속하였습니다. 저는 약속한 그 시간, 그 역으로 나갔으나 아무리 기다려도 남자의 모습을 볼 수가 없었습니다.

그때 처음으로 속았다는 것을 알았습니다. 그때 배신당한 것이 저에게는 오히려 다행이었는지도 모릅니다. 하지만 당시에는 그런 생각이 들지 않았지요. 그따위의 남자에게 여자의 긍지인 처녀성을 짓밟혔다고 생각하면 억울함이 솟구쳐 올라 어찌해야 할지 몰랐습니다. 이제 나는 처녀가 아니라는 것을 생각하면 생각할수록 어차피 이렇게 된 몸이니 한 명의 남자를 원망하나 두 사람 세 사람의 남자를 원망하나 똑같은 일이라는 생각이 들었고, 제 마음은 자포자기의 방향으로 향했습니다. 입으로는 뭐라 뭐라 고상한 말을 하지만, 여급의 대부분은 돈에 지배되고 남자의 노예가 되었습니다. ─심지어 이를 나쁘다고 생각하기보다는 당연한 것이라 생각하고 있습니다. 아마 '카페여급'이면서 처녀를 지키고 있는 자는 3할이 될까 말까 할 겁니다. 가련한 자의 가련한 생활입니다. 현재의 저에게는 이상도 희망도 없습니다. 단지 하루하루를 살아가는 수밖에 없습니다."

그녀는 여기까지 이야기하고는 찰나주의(刹那主義)를 말하면서도 쓸쓸한 듯 머리를 숙이고 입을 닫았다. 나고 자란 고향이 생각나서일까, 부모가 그리워서일까, 배신당한 첫사랑을 원망해서일까, 박복한 자기 인생이 무상해서 일까, 그녀의 눈에는 눈물이 흘러넘쳤다.

"사람을 속이는 것은 쉽지만, 자기 스스로를 속이는 것은 괴로운 일이더군요. 차라리 제 양심이 사라졌으면 좋겠어요."

그녀는 무언가 생각난 듯이 말했다.

가련한 그녀의 미래를 생각하자 불쌍한 마음과 어두운 기운에 사로잡혔다.

'카페여급'은 일반적으로 타락해 있다.

'카페여급'과 사창의 구별은 사라졌다고들 한다. 그러나 그녀의 이야기를 들자니 실로 크게 떠벌릴 일은 아닐 지라도 공연히 그녀들의 타락을 책망하는 것은 너무도 불쌍하다는 생각이 들었다. 비참한 현실의 나락으로 떨어진 그녀들, 눈물 젖은 생활을 보내고 있는 그녀들에게 조금의 동정심을 가져야 하는 것이 마땅하다고 생각한다.

홍등 아래 새하얀 앞치마를 입은 모습- 밤에 피었다 지는 꽃처럼, 그 비밀에 몰려드는 벌레들과 같은 이들을 무릎 아래에 꿇어앉히고, 여왕처럼 춤을 추는 '여급의 생활'. 어떻게 보면 화려하고 밝아 보이지만, 떠다니는 풀과 같은 생활인만큼 그녀들은 가장 위험한 위치에 있다.

참으로 가련한 여성들이여. 그대들의 앞날에 행복이 있기를 기원하며 펜을 놓는다. (카페애화는 여러 이야기가 담겨있는 매우 긴 글이다. 그중 하나의 이야기에 불과한 것을 적어두었다. 기회가 된다면 다시 글을 이어나가고자 한다.)

—조선급만주 211호(1925.10.)

카페 정화—사랑은 슬픈(カフェー情活　戀は哀し)

東京 暮二

1.

1월의 그날은 금방이라도 눈을 내릴 듯 잔뜩 흐린 하늘과 살을 에는 듯한 차가운 바람이 불어오는 날이었다.

죽은 듯이 고요한 무사시(武藏)의 평원을 가로지른 기차가 산로(山路)에 진입한다. 그는 이등실 한 구석에 굳은 듯 앉아서 창문을 통해 지나가는 살풍경(殺風景)을 바라보았다. 그는 왠지 모르게 안절부절 불안하였시반 승색이 석다는 사실에 소금은 위안이 되었다.

"겨울 여행은 춥고 볼게 별로 없네요."

여자는 그에게 기대며 속삭였다. 여자의 온기가 그의 육체에 전달되고 여자의 머리카락이 남자의 볼에 닿을 때마다 그는 고뇌

하는 마음의 동요를 느끼지 않을 수 없었다.

'그녀는 나의 것이다'라고 생각하자, 지금껏 여자를 경험해본 적 없던 그는 자신과 함께 여행을 하는 여자가 사랑스러워 견딜 수 없었다.

"제 모든 것은 당신의 것이에요. 당신 없이는 살 수 없을 것 같아요. 영원히 사랑해 주세요. 당신이 가는 곳이라면 어느 곳이든 따라가겠어요. 당신과 만나게 되어 삶에 보람을 느껴요. 그래서 당신 없이는 살 수 없어요."

언젠가 그녀가 한 말은 그를 한층 맹목적으로 만들고 말았다. 그 후 닛코(日光) 여행 이야기가 나온 것이다.

숙소에는 그들 외에 다른 손님이 없어 조용했다. 서로 사랑하는 두 사람 만의 세계… 그는 꿈속에 있는 것만 같았다.

방 안은 이성의 향기로 가득 찼다.

부드러운 우윳빛 피부, 진주와 같이 매끄러운 몸매, 봉긋 솟은 가슴… 그의 눈앞에서 그녀의 모든 것을 아낌없이 드러냈을 때, 그는 오늘 밤처럼 그녀가 아름다웠던 적은 없었다고 생각했다. 그는 그녀의 풍만한 육체를 양손으로 꽉 쥐고, 자신이 그녀를 얼마나 사랑하고 있는지 알려주고 싶었다. 여자에 대해 잘 모르던 그는 수많은 고민과 망설임 속에서 간신히 그녀를 껴안을 수가 있었다.

'추상의 세계다. 꿈의 세계다. 그녀는 나를 사랑하고 있다.'

그는 이 세상에서 자신만큼 행복한 사람은 없을 거라고 생각했다.

　'이 행복을 결코 잃고 싶지 않다. 만약 잃어버리게 되면 내 목숨도 끝이다. 그녀가 나를 위해 이 세상에 태어났다고 한다면 나는 그녀를 위해 태어난 것이다. 그녀에게 나의 존재가 필요한 것처럼 내게도 그녀의 존재는 빛이다. 그저 지금까지는 전생의 운명에 의해 헤어져 있었던 것이다. 그리고 그것이 다시 운명에 의해 만나게 된 것이다… 이것은 당연한 것이다…'

　그의 마음은 즐거운 상상에서 상상으로 번져갔다.

　달콤한 사랑의 속삭임은 매서운 추위가 휘몰아치는 닛코의 산촌에서 일주일 남짓 계속되었다.

　닛코 여행은 일주일 정도였지만 그것은 그의 일생에 잊을 수 없는 즐거운 추억이며 사랑의 기록이다.

＊　　　　　＊　　　　　＊

　그가 도쿄에 유학을 온 것은 작년 4월 초였다. 스무 살 평생 고생 한 번 모르고 살아온 그는 고향을 떠나 기댈 곳 하나 없는 도쿄에 처음 도착하자마자 향수병에 걸리게 되었고, 잘 마시지도 못하는 술로 그 쓸쓸함을 달랬다.

　마치코(滿智子)- 그가 상경하여 처음 알게 된 여자. 그녀는 카페의 여급이었다. 아름다운 얼굴과 풍만한 몸매를 지녀 뭇 남성들

에게 많은 인기를 얻고 있었다. 그는 그녀를 처음 만난 순간 한
눈에 반했지만 그녀는 시골촌뜨기에게 눈길 한번 주지 않았다.
오히려 세상물정 모르는 그를 꾀어 돈을 뽑아내려고까지 생각했
다. 그러나 순박한 그는 그녀가 달콤한 말로 자신을 속이고 있다
는 생각조차 할 수 없었다.

"내일 밤도 오세요. 기다리고 있을게요."
라는 그녀의 말이 자신만을 위한 호의라 생각한 그는 거의 매일
밤 그녀가 있는 곳으로 향했다.

"내일 무슨 일 있어요? 없으면 같이 놀러가요. 내일 가게 정기
휴일이거든. 어디든 같이 가요."

그는 기뻤다. 그녀가 먼저 함께 나들이를 제안 한 것은 자신을
사랑하지는 않더라도 최소한 호감 정도는 있기 때문이라고 생각
했다.

'사랑하는 두 사람이 걸어간다… 그녀는 내게 양산을 씌워주겠
지… 그러고 나면 그동안 담아 두었던 모든 것을 털어 놓자… 그
녀는 분명 내 마음을 받아 줄 거야…'

그는 사랑하는 두 남녀가 즐겁게 이야기를 나누며 공원을 산
책하는 모습을 생각하였고, 달콤한 상상에 마음이 들떠 잠이 오
지 않았다.

다음날 아침 두 사람은 오오쓰카(大塚)에서 성선전차(省線電車)[17]
을 타고 유락쵸(有樂町)에서 내려 에비스(惠比壽)공원으로 발길을 향

했다.

"당신은 과묵한 사람이군요. 계속 나만 말하고 있고 당신은 말한 마디 하지 않잖아요. 나 심심해요."

사실 하고 싶은 말은 아주 많다. 무엇부터 말해야 할까. 공원은 사랑을 속삭이기 적당한 장소였다. 하지만 그는 여자와 단둘이 걷는 것이 처음이었기 때문에 너무도 긴장한 나머지 그냥 여자 말을 듣고만 있었다. 어젯밤의 즐거운 상상마저 한낱 상상에 불과하다는 생각이 들자 그는 용기 없는 자신의 모습이 슬퍼졌다.

"아직 12시밖에 안됐네요. 지금 집에 들어가기는 좀 이른데, 어디 다른데 갈까요? 저 같은 사람들은 자주 외출하기 어려우니 이런 기회에 여기저기 가고 싶어요. 함께 다녀주세요…"

그는 그녀와 한 시간이라도 더 오래 있고 싶은 마음에 재빨리 동의했고 둘은 긴자로 몸을 옮겼다.

"긴자의 밤거리는 이리도 좋을 수 없네요. 낮에는 정말이지 재미없는 곳이지만 말에요. 게다가 지진[18]이 난 이후에는 가건물이 지어진 참이라 ㄱ 황폐한 모습이란…"

그는 지진이 일어나기 이전의 긴자의 모습은 알지 못했다. 단지 긴자는 도쿄의 대표적인 번화가라는 이야기만 들었을 뿐이었

---

17) 성선전차(省線電車) : 구 철도성(鐵道省), 현재의 국토교통성(國土交通省)이 관리하고 있던 철도 또는 전차의 노선.
18) 관동 대지진(關東大震災) : 1923년 9월 1일에 일본 가나가와현(神奈川縣)을 진앙지로 발생한 대지진.

기에 지진 전후의 비교는 불가능했다. 그녀는 긴자 거리가 볼품 없어졌다고 하지만, 그가 느끼기에 긴자는 역시나 화려한 길이었 다. 도쿄 시내를 모두 걸어 다녀 보아도 긴자보다 화려한 길은 없을 것이라 생각했다. 두 사람은 긴자의 니혼바시(日本橋) 다리를 건너 미쓰코시(三越)[19] 백화점으로 들어갔다.

그는 미쓰코시의 아름다운 진열품을 보아도 별다른 감흥이 없 었지만, 그녀는 다른 여자들과 마찬가지로 옷가게나 헤어핀이 놓 인 진열장 앞에서 좀처럼 떠나지 못했다. 귀금속 진열장 앞에 서 자 그는 그녀에게 반지를 사주고 싶어졌다.

"반지를 사고 싶은데 어느 게 좋을까요?"

"어머 당신이요?"

"아니 당신에게 사주고 싶어서요."

"어머…죄송해요… 오늘 같이 다녀주시기도 했는데 반지까 지…"

그녀는 거절했지만 남자는 루비가 들어간 작은 반지를 샀다. 하얀 손가락에 반지를 끼고 기뻐하는 여자를 보자 남자는 가슴 깊은 곳에서 달콤한 미소가 솟아올랐다.

이후 두 사람은 기회가 있을 때마다 자주 만나 마음을 터놓고 이야기를 나누며 친밀해져 갔다.

---

19) 미쓰코시(三越) 백화점 : 에도시대인 1673년 에치고야(越後谷)라는 상호로 출발 한 일본 최초의 백화점으로, 1928년 미쓰코시 백화점으로 개칭하였다.

그녀는 그를 사랑하고 싶거나 친해지고 싶다고 생각하지 않았다. 그녀의 목적은 단 하나, 그로부터 돈을 뜯어내기만 하면 되었다. 때문에 그에게서 돈이나 귀금속을 받아낼 때에는 그를 바보 같은 남자라고 생각했을 수도 있다. 그녀의 마음이 이렇게까지 더럽혀진 것은 그녀의 본래 성격이라기보다는 카페생활이란 위험하고 타락한 생활로 인해 변화된 것이라 해야 될 것 같다.

＊ ＊ ＊

딱한 사연으로 인해 타락하고 결국 요부(妖婦)가 된 그녀이지만, 순진한 그와 교제하다 보니 예전에 잃어버렸던 순진한 마음이 되살아나기 시작했다. 지금까지 많은 이성과 접했지만, 그에게 품게 된 이러한 마음을 느낀 적은 없었다. 그 이유는 그녀 자신도 알 수 없었다. 결국 그와 절대로 헤어질 수 없다는 생각을 갖게 되었다.

그를 향한 그녀의 태도는 점차 변했다. 그녀는 그의 선물을 받는 것이 마음에 걸리기 시작했다.

"제게 여러 가지 사주시는 건 감사하지만… 이제부터는 하지 말아주세요, 당신은 아직 학생이잖아요. 그렇게 마구 돈을 쓰시면 제가 당신의 부모님들께 면목이 없어져요."

어느 날 뜻밖의 말을 듣게 된 그는 침울해졌다. 그녀에게 따로 좋아하는 사람이 생겼기 때문이라는 이상한 생각을 해버렸다.

"저는 당신이 저를 사랑해주시는 그 마음만으로도 행복해요. 저 같은 사람을 사랑해주시는 걸요. 저는 아무것도 바라지 않아요."

그녀는 전에 없이 차분한 어조로 자신의 마음을 그에게 열어 보였다. 그때 비로소 그 둘은 같은 곳을 바라보게 되었다.

서로의 마음을 확인했다는 행복감에 두 사람은 닛코로 여행을 떠났다. 조용한 산마을에서 사랑하는 사람과 단둘이 즐거운 나날을 보내는 것은 이 세상에 다시없을 행복이었다. 그리운 고향의 부모님도 화려한 도쿄의 생활도 머릿속에 없었다. 가능하다면 일생을 이렇게 살고 싶다고 생각했다.

2.

두 사람이 함께 살기 시작한 것은 추억이 깊은 닛코에서 돌아오고 얼마 지나지 않은 때였다. 그녀는 동거를 하면서도 본래 다니던 카페에는 나가야 했기 때문에 변함없이 매일 카페에 다녔다.

두 사람이 동거를 시작하고 한 달 정도 지난 어느 날, 그를 찾아온 노부부가 있었다. 노부부는 60살 전후로- 남자는 머리가 벗겨진 사람 좋은 얼굴을 하고 있었고, 여자는 뚱뚱하게 살이 쪄 있었지만 눈은 빛나고 있었다. 비록 나이를 먹었지만 젊은 시절 화류계에서 생활했음을 직감적으로 느낄 수 있는 여자였다.

"처음 뵙겠습니다. 저는 마치코의 아비 되는 사람입니다. 요즘 딸이 신세를 지고 있는 것 같아 찾아 뵀습니다."

라며 남자는 여자를 돌아보았고 여자도 동의한다는 듯 고개를 숙였다.

그녀의 부모가 도쿄에 있다는 말은 지금껏 들어보지 못했다. 고향은 에치고(越後)이며, 부모형제 모두 그곳에 있다고 했다. 그러나 말투를 보아하니 도쿄사람인 듯 했다. 게다가 그들이 그녀의 진짜 부모인지도 알 길이 없었다. 그는 이상한 이 방문객, 애인의 부모라고 말하는 이들에게 뭐라고 답해야 할지 몰라 멍하니 고개를 숙이고만 있었다.

'그녀가 나를 속이고 있었던 건 아닐까…'

라는 생각이 들자 그녀를 책망하고 싶어졌다. 그녀가 솔직하게 이야기해 주었다면 이런 상황은 오지 않았을 텐데 히고 디욱디 그녀를 원망하고 싶어졌다.

마침 그녀가 외출한 상태였기 때문에 아무것도 할 수 없었다.

말주변이 없는 그는 그녀의 부모님과 얼굴을 맞대고 이야기를 나누는 것이 매우 고통스러웠다. 때문에 어서 그녀가 돌아오기만을 바라고 있었다.

노부인은 요즘 경기가 안 좋다라든지, 나이를 먹으면 사람이 못쓰게 된다라든지, 학생 신분이 좋은 것이라든지 등등 끊임없이 불만을 이야기 했다.

해질 무렵이 가까워 오는데도 그녀는 돌아오지 않았다. 가게 사람에게 물어보았지만 아직 오지 않았다는 대답뿐, 찾아 나설 수도 없는 일이었다. 그녀가 돌아오지 않자 어찌할지 몰라 우물쭈물하고 있는 그에게 노신사가 말했다.

"저희 딸아이를 어여삐 여겨 주신 것은 감사합니다만, 당신 같은 분과는 신분도 많이 다르고, 게다가 나이도 당신이 두세 살이나 어리신 것 같으니… 부모로서도 당신 같은 분께서 제 딸아이를 계속해서 돌봐 주신다면 그 이상의 기쁨이 없으며 딸아이도 그 이상의 행복은 없을 것입니다… 하지만 이러한 이유 때문이라도 헤어지는 편이 당신과 딸 모두를 위한 일이라고 생각합니다. 젊은 시절에 하는 흔한 실수이니, 어차피 헤어질 거 조금이라도 빨리 헤어지는 편이 두 사람을 위한 것이라 생각하여 실례를 무릅쓰고 찾아왔습니다."

노부부는 알 수 없는 말을 늘어놓고는 돌아갔다.

그는 뜻밖의 손님이 한 말을 듣고 난 후, 마치 행복의 정점에서 어두운 계곡 깊숙한 곳으로 떨어진 것만 같았다.

젊은 혈기에 미친 듯 타오른 두 사람의 생활– 이 달콤한 생활 속에 갑자기 던져진 돌은 그의 머릿속을 엉망진창으로 헤집어 놓았다. 그는 오랫동안 마시지 않던 술이 마시고 싶어졌다. 그리고 자포자기의 심정으로 차가운 술을 몇 잔이나 들이켰다.

"이럴 때일수록 술을 마셔야 한다. 술은 내 머릿속의 모든 것을 씻어 줄 것이야. 술이다! 술이야! 취흥(醉興)의 세계야말로 내 세상인 것이다…"

하지만 그는 자신의 이러한 기분을 술에 의지해 풀어야만 하는 자신의 처지가 구슬펐다.

"헤어지라니… 그런 바보 같은 일이 어디 있겠어! 그녀는 내 것이다. 그녀 역시 헤어지고 싶지 않을 것이다. 부모가 이기나 우리가 이기나 싸워보자."

술에 취한 그는 의자에 앉은 채로 잠이 들었다.

그녀가 외출에서 돌아온 것은 밤 열한시 경이었다. 평소와 다른 그의 모습을 본 순간 그의 마음이 변한 것인지. 아니면 자신이 하루 종일 들어오지 않아서 화가 난 것인지 걱정이 되었다.

"몸 상해요. 오늘은 정말 미안해요. 용서해 줘요. 여기 이러고 있으면 감기 드니까 일어나세요."

그를 흔들어 깨웠다.

"나에게 거짓말을 한 거지. 부모님이 에치고에 있다고 했잖아. 에치고에 있는 사람은 누구의 부모님이지? 오늘 네 부모님이라는 자들이 찾아왔어. 그 정도는 너도 알고 있겠지. 너는 어째서 사실대로 말해주지 않았지?"

그는 그녀가 돌아오면 오늘 있었던 일을 말하고 앞으로의 일에 대해 함께 상의를 하려고 했었지만, 혼자 우울하게 술에 취해 있던 그는 평소와 같은 얼굴을 하고 들어오는 그녀를 보자 자신도 모르게 목소리가 높아지며 그녀를 비난하기 시작했다…… 하지만 그의 눈에서는 눈물이 흐르고 있었다.

자신의 부모가 찾아왔다는 말을 전해 들은 그녀는 매우 놀랐다.

'부모가 찾아오다니… 거짓말일 거야. 우리가 만난다는 것도 모르고 있었을 텐데… 하지만 그가 하는 말이니 사실이겠지… 그렇다면 분명 가게 주인과 작당을 한 것이겠지. 그렇다고 해도 한두 번도 아니고, 부모라는 사람이 자식을 이런 처지에 밀어 넣은 것도 모자라 생판 남과 손을 잡고 자식의 행복을 빼앗으려 하다니… 지금까지는 내가 어리고 약하여 부모가 말하는 대로 따랐지만 이번은, 이번만큼은 무너질 수 없어. 해 볼 테면 해 보라지.'

그녀는 과거의 어두운 기억을 떠올리며 자문자답으로 마음을 다잡았다.

"용서해 주세요. 저는 당신을 속이고 있었어요, 부모님은 도쿄에 있었어요. 아버지는 낳아주신 아버지이고 어머니는 제가 열다섯 살 때 오신 새어머니에요. 당신에게 부모님이 에치고에 있다고 말하고 나서 후회했지만, 다시 말을 바꿀 수가 없었어요. 오늘 당신이 괴로운 것도 다 제가 사실을 말하지 않았기 때문이에요. 모두 제가 잘못했어요. 용서해 주세요… 저는 새어머니가 오고 나서부터 비참한 생활을 하게 되었지요. 여유 있는 집안이었음에도 여급이 된 것도 부모님을 위해서였어요. 그리고 부모님과 가게 주인이 무슨 관계인지는 몰라도 부모님은 항상 가게 주인과 상의해서 제 주변의 모든 일을 결정했어요. 오늘 찾아온 것도 분명 가게 주인과 상의한 일 일거에요… 저는 당신과 헤어지기 싫어요. 죽어도 싫어요. 당신과 헤어지고 어떻게 홀로 살아간단 말이에요. 당신도 잘 아시잖아요, 헤어지는 건 싫어요. 헤어질 수 없어요.”

그녀는 괴로운 속내를 내보이며 그의 무릎에 몸을 기대어 울었다.

그녀의 애처로운 모습을 보고 있자니 그의 울분은 사그라졌다. 그리고 그녀를 안아 일으켜 떨리는 입술을 그녀의 입술에 포개었다.

“너의 마음이 그렇다면 헤어짐을 걱정할 필요 없어. 나는 너에게서 그 말을 듣기까지가 걱정이었던 거야. 모든 것을 털어놓고 굳게 결심해 주어 기뻐. 나는 너를 떠나지 않을 기야. 이렇게 사랑하고 있는 걸…”

그는 다시 한 번 뜨거운 입술을 그녀의 입술에 갖다 대었다.

“우리 영원히 사이좋게 지내요. 어떠한 장애가 있더라도 뛰어넘고 살아가요. 저는 당신 없이 살아갈 수 없어요…”

그녀는 눈물을 닦아내며 상기된 눈으로 그의 얼굴을 바라보며

말했다. 이 일이 있고난 후 그는 마음속의 의심이 사라지고 전보
다 한층 더 활기찬 생활을 하였다. 그러나 그녀는 기분이 나아지
지 않는다며 일주일 정도 가게를 쉬었다. 그러다 가게 주인의 성
화에 못 이겨 내키지 않은 마음에도 어쩔 수 없이 가게에 나갔다.

그로부터 한 달이 지날 동안 아무 일도 일어나지 않고 평온한
날들이 계속 되었다. 그녀는 그날 이후 부모로부터 아무런 소식
이 없자, 오히려 뭔가 모를 불안한 느낌을 받았다.

도시에도 점차 봄 느낌이 나던 무렵, 여자는 이유도 말하지 않
은 채 남자의 집으로 돌아오지 않았다… 이 무렵 그 역시 지인이
상경하여 일주일 정도 안내 겸 우에노(上野)와 아사쿠사(淺草), 긴자
(金座), 연극 등을 다니느라 여자가 돌아오지 않는 것을 그다지 신
경 쓰지 못하고 있었다. 오히려 그녀가 돌아오지 않는 것이 다행
이라고까지 생각하고 있었다.

그녀가 집을 나선 지 9일째 되던 날 가게 주인이 그를 찾아
왔다.

"그동안 그 아이도 이곳에 돌아오고 싶어 했지만, 혹여 돌아와
서 당신에게 폐를 끼치게 될까 걱정이라며 가게에 머물고 있었습
니다. 그런데 사오일 전 쯤, 그 아이가 기분이 좋지 않아 쉬고 싶
다고 했고 부모님들이 걱정되어 하루 와 계셨지요. 그래도 어제
부터는 농담과 시답지 않은 이야기를 하기에 조금 안심을 하고
있었는데. 돌연 오늘 아침 세시 경부터 괴로운 신음을 내뱉기에

함께 자고 있던 여급이 기겁을 하며 저를 깨웠고, 제가 이층으로 올라가보니 그 아이는 새파래진 얼굴로 신음을 토하고 있었습니다. 저도 놀라 근처 병원에 데려갔지요. 의사의 진단으로는 쥐약을 먹었지만 소량이라 목숨만을 살릴 수 있었다고 하더군요. 당신에게도 알려야 할 것 같아서 왔습니다.

예상치 못한 가게 주인의 말에 그는 믿지 못할 만큼 깜짝 놀랐다.

'자살할만한 일은 없어. 뭔가 잘못된 거야. 죽을 정도의 일이 있었다면 내게 말하지 않았을 리 없어.'

일단 상태를 알기 위해서라도 그녀를 만나보아야 할 일이었다. 그는 서둘러 병원에 찾아가 보았지만 이삼일 간은 절대안정을 취해야 했기 때문에 면회조차 할 수 없었다. 그녀와의 관계를 설명하고 부디 만날 수 있게 해달라고 간청해 보았지만 면회 후 환자의 용태가 급격히 변하더라도 이쪽에서는 책임지지 않는다는 말을 듣자 그도 어쩔 수 없이 발길을 돌려야만 했다.

그는 슬픔과 쓸쓸함과 분노에 괴로웠다. 그러나 힘없이 책상에 엎드려 눈물을 흘리는 것 이외에는 별다른 방도가 없었다.

다음날, 그리고 그 다음날도 그는 그녀를 만날 수 없었다. 단지 가게 주인을 통해 그녀의 용태를 전해 들을 뿐이었다. 그것만으로는 도저히 만족할 수 없었지만 어찌할 방법이 없었다. 단지 그녀의 회복을 기원하며 기다릴 수밖에 없었다. 그리고 그녀는 돌연 이유도 알 수 없이 그의 앞에서 모습을 감추고야 말았다. 가게 주인이 말했다.

"부모가 데려갔어요. 세타가야(世田谷)라든가. 정확히는 모르겠습니다. 부모도 부모지만 그 딸도 참 그래요. 저희 가게에 오기 전에 무슨 일을 했는지 알 수 없어요. 그런 여자에게 코가 꿰인 당신이야말로 큰일 날 뻔 했지요…"

또한, 그녀의 한 친구가 말했다.

"마치코는 정말이지 불쌍한 아이에요. 부모에게 괴롭힘을 당해왔는데, 이번에도 분명 그런 것일 거예요. 당신에게서 부모의 생활비를 빼내오도록 했어요. 전에도 이런 비슷한 일이 있어서 그 아이가 힘들어 했던 적이 있었지요. 당신에게서 돈을 빼앗아 온다는 건 당시 그 아이에게 불가능한 것이 당연해요. 자살시도도 일부러 부모에게 앙갚음하기 위한 것이라고 보는 게 맞을 거예요."

그는 이런 이야기를 들으면 들을수록 더욱 괴로워졌다.

"그런 상황에 있으면서도 한마디도 하지 않고 떠나가 버리다니. 이 얼마나 박정한 여자인가… 아니, 아마 부모에게 자유를 빼앗겨 아무 것도 할 수 없는 거겠지… 조만간 연락이 올 거야…"라고 생각하며 그는 그녀로부터 연락이 오기만을 기다렸다… 하지만 며칠이 지나도록 서신 한 장 도착하지 않았다.

"이 얼마나 박정한 여자인가. 그러고도 인간인가. 사랑한다고 했으면서. 당신 없이는 살 수 없다고 말했으면서. 모두 거짓이었던 것인가. 자살도 헛소리인가. 내 마음을 짓밟은 독녀! 악녀!⋯"

원망에 사로잡힌 그의 말에 답해줄 이는 없었다. 오히려 그 말은 공연히 자기 자신을 고통스럽게 만들었다.

결국 사랑의 슬픈 파탄을 맞이한 그는 마음의 깊은 상처를 안은 채 도시를 떠났다.

—조선급만주 212호(1925.7.)

새단장(衣替)

山名白紅

(1)

"어느 편지라고?"

마루마게(丸髷)[20]로 묶어 올린 아름다운 머리카락을 오른손으로 살짝 쓸어 올리며 뒤를 향해 이렇게 말한 이는 야스나가(安永)의 처인 금년 28세의 세츠코(節子)였다.

나이에 비해 수수해 보이는 오시마(大島) 비백(飛白)[21]무늬의 겹옷에 작은 자수를 놓은 장식이 달린 여름 속옷을 입은 얇은 차림이지만, 소맷부리에는 아직 붉은 빛의 요염함이 흐르고 있다. 아름다운 용모는 아니지만 수수하고 살림을 잘 하는 부인처럼

---

20) 마루마게(丸髷) : 결혼한 일본 여자의 둥글게 틀어 올린 머리.
21) 비백(飛白) : 붓으로 살짝 스친 것 같은 잔무늬(가 있는 천).

보인다.

　남편은 매일 관청에 나가고 집에 없었다. 세츠코는 화로에 인두를 달구어 손수건이나 헝겊조각을 다림질 하고 있었는데 조추인 오류(お柳)가 편지를 가져온 것이다.

　"뭐니… 보여줘…"

라며 받아 든 편지 봉투에는 괴발개발 쓴 서체로 ○○류(柳) 님께라고 적혀 있었다.

　"이건 네 편지잖아. 아 그래 읽어달라는 거구나… 봐도 괜찮겠니? 내가 읽어보아도."

　"부디 마님이 읽어주세요…"

　오류는 열흘 전 처음으로 고용되어 들어온 조추로, 얌전하고 생김새가 좋으며 눈빛이 명석한 매력적인 여자아이이다. 나이는 스무 살에서 하나나 둘 정도를 더한 것으로 보인다. 그녀의 오라비는 고향의 부모가 병환을 앓고 집이 가난하여, 그녀에게 월급이 좋은 조선에서 일을 하며 급료의 일부를 고향에 보내는 것이 어떠하겠냐는 제안을 하였고, 그녀는 오라비아이 상이 끝에 지인을 통해 지난달 10일경 경성에 들어 온 것이다.

　비록 그녀는 글을 못 읽는 까막눈이 아니었지만 오라비가 보낸 편지를 읽어 내려갈 정도의 능력은 못되었다.

　오류는 두 무릎을 마루에 대고는 부끄러운 듯 얼굴을 붉히며 이렇게 말했다.

"오라버니가 보낸 편지인 것 같습니다만… 읽기가 어려워…"

세츠코는 손 옆의 인두를 들어 조심스럽게 편지봉투를 일직선으로 잘라내고 그 속에서 편지를 꺼내었다. 두루마리에 적힌 편지가 아닌 거무죽죽하고 탄탄해 보이는 종이 두 장의 양면을 채운 편지였다.

세츠코는 히스테리가 있는 사람처럼 눈썹 사이에 몇 번이나 주름을 만들며 읽어갔다. 고개를 갸우뚱하게 하는 부분이 한두 군데가 아니었지만, 요컨대 그 편지의 내용은

'네가 기특한 생각을 하여 어머니의 약값에 보탬이 되기 위해 멀리 조선까지 나가 일을 하는 것에 대해 이 오라비는 감사하게 여기고 있다. 하지만 어머니의 병환은 네가 떠난 후로 더더욱 심해지고 있다. 약값도 이제 30원이 넘어간다. 이제 돈을 조금이라도 지불하지 않으면 의사의 진찰도 받을 수 없는 지경이구나. 근래엔 어머니의 병환이 악화되어 오라비 역시 날품팔이조차 생각처럼 나가기가 쉽지 않다. 이렇듯 궁경한 처지이니 가능하다면 돈 10원이라도 바로 보내줄 수 있겠느냐…'

읽기를 마친 세츠코의 가슴에 이슬이 내렸다.

"너는… 너는 참 기특하구나… 어머니의 병환이 중하시다고… 불쌍하게도… 돈이 필요하지."

한 손으로 눈가를 닦아냈다.

"조금이지만 내가 이삼십 원을 줄게. 남편에게는 비밀로 하고.

지금 보내고 오거라. 적은 돈이지만…"

오류는 자기 스스로를 누군가가 울어가면서까지 감탄할 정도로 효심이 깊은 사람이라고 생각하지 않는다. 하지만 부인이 그리 생각해 주어서인지 기쁨이 솟아올랐다.

"감사드립니다… 뭐라 해야 할지…"

봄이 문을 두드리는 경성의 4월 하순, 크고 작은 관사가 이어진 야마토쵸(大和町) 3번길 거리는 조용하다. 따뜻한 바람이 창으로 흘러 들어오는 것이 기분이 좋다.

고양이가 옆집 사이의 담벼락을 넘어 땅 위에 사뿐히 날아 앉는 모습이 창문을 통해 방으로 들어오고 있다.

(2)

아마토쵸에 늘어선 집들은 식민지에나 어울리는 급조한 건물들이다. 볼품없는 민박집 사이사이에 관사나 사택이 삼삼오오 붙어 있다.

대부분의 집이 페인트 통이나 성냥갑처럼 조잡하게 지어졌으며, 차분한 분위기와는 거리가 멀어 보였다. 정원에는 크고 오래된 나무보다는 키우기 수월한 포플러나 아카시아가 가지런히 심

어져 있는 모습이 정말이지 새로 만들어진 마을다운 느낌이 난
다.

야스나가가 사는 관사도 이들 집과 비슷한 판임관급으로, 그
옆으로는 경성전기회사 지배인이 무라마쓰(村松某)의 사택이 있
었다.

무라마쓰 지배인의 가족은 무라마쓰와 처… 그래 우선 처라고
불러야 할 미쓰코(みつ子)와 유모, 그리고 어린하녀까지 총 4명이
었다.

미쓰코는 원래 국수(掬水)라는 요리정의 나카이(仲居)[22]출신으로,
소위 선처(鮮妻)[23] 중 하나였다.

지배인의 처자식은 동경에 살고 있으나, 작년에 새로운 지배인
으로 임명되어 조선에 오게 되면서부터 혼자 살게 되었다. 조선
에 홀로 온 무라마쓰는 적적한 타향살이를 달래기 위해 자연스레
요정의 문을 드나드는 일이 많아졌다. 그것이 결국 미쓰코와의
인연이 되었고 지금은 미쓰코 자신도 자연스레 자신이 그의 아내
인 것으로 생각하게 되었으며 사택에 출입하는 부하나 상인들 모
두 그녀에게 부인대접을 하였다.

미쓰코는 이미 화려하고 무질서한 요리정 생활에 익숙해 있었

---

22) 나카이(仲居) : 요릿집·유곽에서 손님을 응대하는 하녀.
23) 선처(鮮妻) : 식민지기 조선에 온 재조일본인(在朝日本人) 남성이 조선 현지에서
　　맞이한 아내를 칭한다.

다. 때문에 지배인이라는 사회적 지위가 있는 사람의 부인이 되자 시간이 지날수록 조금씩 허전한 기분이 들기 시작했다. 말쑥한 모습으로 앉아 낮 동안 남편이 돌아오기만을 기다리며 무료한 시간을 보내는 일도 적지 않았다. 남편의 총애가 조금이라도 시들지 않도록 노력하는 것 외에는 이 여자가 할 수 있는 일은 아무것도 없었다. 때문에 유모나 하녀를 상대로 잡담을 나누거나, 예인(藝人)스승이 된 친구 혹은 결혼을 한 오래된 친구들을 초대하기도 하였으며 머리 묶는 집(髮結の家)에 놀러 가는 일도 적지 않았다.

작은 길을 경계로 하여 뒷문을 접하고 있는 무라마쓰네와 야스나가네는 서로 허물없이 지내는 사이였다. 하지만 야스나가의 처인 세쓰코는 미쓰코를 '저 선처(鮮妻)'라 부르며 무시하였고, 가능한 가까이 하지 않으려 하였다. 때문에 조추인 오류에게조차 '옆집 사람들과 친하게 지내면 못써'라며 새로 온 첫날부터 못을 박아 두었다.

*　　　　*　　　　*

"유모, 옆집에 새로 들어온 조추 봤어? 예쁜 여자아이던데. 아까워 죠츄 따위를 시키기엔."

정원을 산책하는 데 싫증이 나자 언제나처럼 유모를 상대로 이야기를 꺼냈다. 윤기 나고 커다란 마루마게(大丸髷)에 화려한 비단을 주렁주렁 단 모습… 그것은 미쓰코였다.

"네, 예쁘긴 하던데, 기워 입은 목면 옷은 어울리지 않더군요."

"그래, 낡아빠진 옷이나 입고 있고… 유모는 벌써 친해져서…"

"저는 이미 삼사일 전부터 이런 저런 이야기를 하게 되어서… 네…"

"그럼 이번에는 집에 한번 불러보게. 나도 만나보고 싶어졌어."

"네 알겠습니다."

미쓰코와 유모가 이야기를 나누고 있던 뒷문 근처에서 두 여자의 발자국 소리가 들려왔다. 한 명은 오류이고, 한 명은 마쓰무라의 하녀였다. 1정(丁) 밖의 잡화점에 일을 보러 간 두 사람이 함께 돌아 온 것이다.

"일이 끝나면 놀러와… 마님과 유모와 나 세 명이 있어…"

(3)

어느 날 오후였다. 오류는 마을에 일을 보러 나가고, 세쓰코는 평소처럼 다다미방에 앉아 남편의 옷을 바느질하고 있었다.

다다미방은 옷감과 바느질상자와 다림질 인두가 들어 있는 화로로 가득 차 어지러웠다. 세쓰코는 공을 들여 바늘을 움직이고 있었다. 창문에는 한낮의 태양이 따뜻한 빛을 던지고 있어, 방안에 떠다니는 작은 먼지마저 선명하게 보일 정도이다. 따스한 공기에 숨이 막힌 듯 세쓰코는 두 볼에 약간의 홍조를 띠우고 있었다.

"오류는 아직 돌아오지 않은 건가… 돌아올 때가 되었는데…"

세쓰코는 혼잣말을 하며 자로 머리를 긁었다.

"무얼 하고 있는 거지."

자로 바닥을 짚으며 머리 위의 시계를 쳐다보았다. 이미 3시를 넘어 30분이 지나 있었다.

뒷문이 열리는 소리가 들리자 돌아보며

"오류, 돌아온 거니?"

"아니요… 다나카(田中)입니다… 된장을 좀 가지고 왔습니다. 매번 감사드립니다…"

다나카 댁의 하인이 오늘 아침 주문한 된장을 가지고 온 것이다. 혼잣말을 하며 나온 세쓰코는 부아가 난 듯이

"벌써 저녁 준비 시간인가…"

어쩔 수 없다는 듯이 하던 일을 밀어두고 무릎의 먼지를 털어내며 일어섰다.

손으로 묶은 히사시가미(廂髪)24)는 먼지에 덮여 옅은 흰색으로

---

24) 히사시가미(廂髪) : 1900년대 일본에서 유행하던 여성의 대표적인 머리모양 중 하나이다. 머리 앞부분을 차양처럼 앞으로 길게 내어 묶는 스타일로 속발(庇髪)

보였다. 세쓰코는 일어나 부엌으로 향했다.

무라마쓰의 부엌에서는 웃음소리가 끊이지 않고 있었는데, 오류의 목소리도 섞여 있는 듯하다.

*   *   *

"오류 씨라면 월에 20원이라도 좋으니 와달라는 분들이 있을 거야. 그치 유모."

"정말 그래요. 20원이나 30원을 준다는 자리는 얼마든지 있어요. 아 마님, 자주 오시는 그 마쓰… 마쓰 뭐라는 분이요… 아 마쓰다니(松谷) 씨, 그 분도 원하시는 듯 말씀하셨어요."

"회사의 마쓰다니 씨가? 그래 그런 말을 했다고? 내게는 아무 말도 없었어. 하긴 그 사람은 거짓말을 잘 하니까."

"하지만 마님, 저번에도 저를 붙잡아서는 어디 유모를 할 사람 없냐며 찾아봐 달라고 말씀하셨어요."

"그래, 정말이지? 그 사람이라면 괜찮네. 나이는 어리고 미남자에 입에 발린 말도 잘하고 돈도 많이 받고 있으니, 나라도 가고 싶군… 저… 정말로 오류 씨라면 반드시 좋아할 거야. 그렇지 유모."

"그렇고 말구요. 마쓰다니 씨는 좋은 분이시니, 가게 되는 사람

이라고도 한다.

도 행복이지요. 저도 나이가 조금만 젊었더라면, 호호… 마님, 오류 씨에게 참 좋은 자리네요."

"마쓰다니 씨는 우리 집에 종종 오는 분이니 오늘 밤에도 오실지 몰라. 오시면 내가 물어봐 주겠네."

"그러세요. 오류 씨도 말이야, 20원이나 받을 수 있는 곳이 있는데 5원 정도밖에 못 받는 일을 하다니. 오류 씨, 마쓰다니 씨는 좋은 분이에요. 주인마님과 같은 회사에서 근무하시는 분이고. 오류 씨, 이게 가장 중요해요. 고향에 돈도 보낼 수 있을 거고… 오류 씨가 싫다면 제가 갈까요. 헤헤…"

"유모가 간다니. 호호…"

오류는 살짝 얼굴을 붉힌 채 아무 말이 없었지만, 모두가 웃자 이내 분위기에 휩쓸려 웃음을 지었다. 무라마쓰네의 부엌은 웃음소리로 가득했다.

*　　　*　　　*

"마님, 죄송합니다. 제가 잘못했어요."

"네가 온 첫 날 말하지 않았니. 가까이 하지 말라고 말 했었지… 어차피 좋을 일 없으니 이제 가지 말거라. 그러는 것이 네 몸을 위한 것이야."

오류는 두 손을 모아 부인의 앞에서 용서를 빌었다.

(4)

　오류가 무라마쓰네 조추들과 친해져 부엌에 출입한 것은 이번이 처음은 아니었다. 야스나가의 세쓰코가 알게 되어 잔소리를 한때는 이미 오류가 변심의 제 1기를 지나버린 즈음의 일이었다.

　오류가 처음 세쓰코의 집에서 일을 시작 한 무렵에는 조금의 부족함도 느끼지 못했다. 오히려 사모님의 상냥한 정에 감사하며 일하기 좋은 집이라며 기뻐했다. 내지(內地), 특히 시골에서는 조추의 월급이 1원도 안 되는 7-8전 정도였던 것이 조선에 오자마자 월에 5원의 월급을 받게 된 것은 오류 역시 꿈에서도 상상하지 못했던 일이었다. 조선의 월급이 높다는 말을 듣기는 하였지만 스스로의 힘으로 월 5원의 돈을 벌 수 있으리라고는 생각지도 못했다. 그래서 오류는 월급을 남김없이 고향의 오라버니에게 보내고 있었다. 그러나 오류 역시 연약한 여성에 지나지 않았다.

　칠팔십 원의 인색한 판임관 생활보다 수백 원을 버는 화려한 회사원의 생활이 겉으로 볼 때는 훨씬 넉넉해 보였다. 목면옷을 기워입는 것보다는 비단옷을 입는 것이 훨씬 보기 좋았다. 구라부 화장品(クラブ白粉)도, 호가액(ホーカー液)도, 향수도, 고무신도 모두 사람의 마음을 즐겁게 하는 씨앗이었고, 누군가 금반지를 갖고 있으면 도금이라도 좋으니 자신 역시 갖고 싶어지는 것이 피할 수 없는 여자의 공통성이다.

오류는 견문의 범위가 좁았다. 따라서 비교의 대상은 언제나 야스나가와 무라마쓰였다. 이 대조는 항상 무라마쓰 쪽의 승리로 보였다. 그런데 어째서인지 마님은 무라마쓰 댁에 가지 말라고 말씀하신다. 상대가 승리하니 질투심에 그리 말하는 것이리라. 오류는 세쓰코의 마음을 짐작하고 있었다.

무라마쓰 댁 마님이 더 아름다운 것은 말할 것도 없다. 또한 아름다운 옷을 입고 있으며 마음이 순박하여 조추들의 말도 잘 들어주신다. 유모와 하녀 모두 8원의 월급을 받고 있고 월에 한 번은 옷을 주신다. 뿐만 아니라, 손님이 많기 때문에 요리는 대형 음식점에서 배달해오고, 남은 것은 두 명의 조추에게 준다는 이야기를 듣자, 오류는 견딜 수가 없었다.

월급이 5원이라는 말을 듣고 놀랐던 오류는 자신보다 일도 많이 하지 않고 나이가 많은 유모나 하녀가 자신보다 월에 3원이나 더 많은 월급을 받고 있다는 말을 듣자, 처음에는 물론 농담일 것이라 생각했다. 하지만 경성의 시세가 7원이라는 설명을 듣고 보니 자신의 월급 5원이 얼마나 적은 돈이었는지 바보가 된 것 같은 기분이 들었다. 고향의 오라버니에게는 그 후로도 두세 차례 돈을 부쳐야 했기 때문에 오류는 오히려 칠팔 원, 아니 20원이라도 주겠다는 큰 집으로 옮기는 것이 상책이라는 생각이 들게 된 것이다. 그리 되면 낡은 목면옷이 아닌 부드러운 기모노를 얻게 되겠지. 일거양득이다. 20원을 준다는 마쓰다니라는 분께 부탁을 드려볼까. 오류는 고민하지 않을 수 없었다.

오류는 세쓰코가 잔소리를 하면 용서를 구하며 빌었다. 하지만 그것은 단지 그 순간 그 자리에서 벗어나기 위한 것이었지 속마음은 달랐다. 무라마쓰 댁의 마님이나 유모가 권한 일자리가 오히려 이득이 된다고 생각하니 용서를 빌 이유가 없다는 생각이 들 정도였다.

(5)

이제 복숭아꽃이 땅 위에 떨어져 나뭇가지 끝에 녹음이 짙어지고 남산의 소나무 가지에 부는 시원한 바람에 즐거워지는 계절이 되었다. 봄은 이미 지나가고 다시는 오지 않을 인생의 행로(行路). 사람은 겉옷을 벗어 던지고 얇은 옷으로 갈아입으려 한다.

아아 봄이여 가는가. 겉옷을 벗어 던져 얇은 옷으로 갈아입고 달려 나가는 것은 변덕스러운 혈기 때문인가. 하지만

옷은 결국에는 갈아입어야 하는 것이다.

오류의 말로여…

―조선급만주 82호(1914.5.)

식민지발전상 전율할만한 화류병
(植民地發展上戰慄すべき花柳病)

高緊彌太

화류병이란 임질(淋疾), 연성하감(軟性下疳), 매독(梅毒) 세 개의 총칭으로, 화류 거리에 왕래하는 자들이 이 병에 감염되기 때문이 이러한 명칭을 얻게 되었다.

이 세 종류의 병은 각기 병원(病原)이 다르며 인체에 미치는 해독도 그 종류에 따라 경중을 달리한다. 그러나 이들 모두 남녀사이의 성교(性交)에 의해 전염된다는 점에서 만성전염병이다.

같은 전염병 중에서도 콜레라나 천연두는 매우 치사율이 높아 국가에서 관리 법률이 만들어지는 등 경계하여 금방 감소하는데 반해, 이 화류병 특히 매독에 있어서는 그 세력이 아직 완만하지만 수백 년간 눈치 채지 못한 사이에 우리의 생명을 해치고 자자손손까지 그 피해가 이르기에, 이 상해가 콜레라나 천연두 등에 비교할 수 없다. 이렇듯 무서운 화류병의 전파경로는 어떠하며 그 증상 및 주의해야 할 사항에 대해 서술하고자 한다.

그 전파경로는 말할 것도 없이 처음은 매소부 즉 공창예기, 작부 등으로부터 전염되는 것으로, 임질이 가장 많으며 다음은 매독, 가장 적은 것이 연성하감이다.

화류병 중 그 죄가 가장 가벼운 것은 연성하감이다. 연성하감은 초기매독과 혼동되기도 하는데, 이 연성하감이라는 것은 양성(兩性)의 육체적 교제 후 (만약 부인이 있다면) 약 삼일 후 음부에 작은 궤양이 생겨 그것이 점점 커지고 그 숫자가 증식하여 국부에 통증을 느끼게 되고 '상처'가 생기게 되면 환자 중 약 30퍼센트는 허벅지 뒷부분에 멍울이 생긴다. 이 멍울이 다시 점점 커짐에 따라 통증이 강해지고 게다가 열이나 화상(고름)이 생긴다. 연성하감의 원인은 일종의 세균으로 단간상나선형(短桿狀螺旋形) 모양을 하고 있으며, 전술한 멍울이 생기는 것만으로는 결코 혈액에 독이 들어가지 않기 때문에 다른 성병에 비해 가장 죄가 가볍다.

다음으로 임질은 일종의 균에 의한 것으로 마치 커피콩 두 개를 연결한 모양을 하고 있다. 대부분은 남녀 양성의 육교에 의해 그 세균을 지닌 균이 요로를 통해 들어가 2-3일에서 5-6일 후 요로를 통해 황백색의 고름이 나오며 배뇨 시 고통을 수반 한다. 그러나 임질은 요로에 국한되지 않고 인간 신체의 여러 곳에 전이되어 종국에는 목숨을 앗아가는 경우도 있다. 또한, 임질균은 성교 이외에도 전염되는 경우도 있다. 예를 들어 어느 가족 중

한 사람이 임질에 걸린 자가 있다면 그 사람이 사용한 수건이나 또는 의복, 혹은 변소에서 임질환자가 사용한 화장지를 다른 사람이 사용하거나, 아이와 함께 목욕을 하는 경우 간접적으로 그 아이에게 감염되는 경우도 있다. 특히 이 임질균이 눈에 들어가면 소위 농루안(膿漏眼)이라는 병을 일으키기도 한다. 그러나 이러한 간접 감염은 비교적 적으며, 열에 아홉은 임질을 앓고 있는 사랑과의 성교에 의해 일어나는 것이다. 단지 주의해야 할 것은, 남자의 경우 전술한 바와 같이 감염 후 얼마 지나지 않아 요로에서 고름이 나오고 통증을 느끼기 때문에 비교적 용이하게 병증을 확인할 수 있다고 말 한 것을 기억하고 있을 것이다. 그러나 여자의 경우, 감염 후 요로에서 고름이 나오기는 하지만 배뇨 시 통증을 느끼는 경우는 적다. 따라서 본인이 임질에 걸렸다는 사실을 모른 채 지내다가 균이 자궁에 들어가 자궁의 흔충(焮衝)25)을 일으켜 불쾌한 감정을 불러일으키는 '히스테리' 증상의 원인이 되는 경우도 많다. 실제로 부인의 '히스테리'는 대다수 이러한 생식기병의 결과이다. 어느 통계에 의하면 남편이 임질인 경우 그 부인의 60퍼센트는 불임증에 걸린다고 한다. 실제로 부부간에 아이가 생기지 않는 것은, 크게 보면 국가적 손실이며 인생 최대의 불행이라는 것은 말할 것도 없다. 그 외에도 임질의 해독(害毒)은

---

25) 흔충(焮衝) : 살갗이나 근육이 화끈거리며 아픈 증세.

셀 수 없이 많지만 이 정도로 정리하고 다음은 매독에 대해 이야
기해 보자.

매독의 그 원인도 일종의 균으로 그 형태는 맥주병과 닮았다
고 한다. 매독 균은 극히 작아서 남녀 중 누군가가 음부에 그 원
충을 보균하고 있을 때 남녀의 육교에 의해 국부에서 국부로 전
염된다. 또는 접촉을 통해 또는 매독에 걸린 자의 이쑤시개 등
기구를 통해 전염하는 경우도 있다. 매독에 전염된 경우 신체에
어떠한 변화를 일으키는가 하면, 불결한 육교 후 3-4주 안에 국
부에 작은 상처가 생기고 그 상처의 일부는 만지면 단단하며 쌀
알이나 대두 정도 크기의 다소 황색의 고름이 붙어 있다. 우리는
이것을 연성하감이라 부른다. 음부에 이와 같은 증상이 일어나게
되면 양쪽 가랑이 쪽에 있는 임파선이 부어오르며 소위 멍울이
생긴다. 이것은 매독균이 인체에 침입했다는 증거이다. 그리하여
감염 후 6-8주쯤 지나 병독이 전신에 퍼지면 발열을 하고 피부에
발진을 일으킨다. 발진의 종류에는 여러 가지가 있는데, 입술 안
쪽에 흰 반점이 생기거나 머리카락이 빠지는 경우도 있다. 또한
눈병, 관절통을 일으키기도 한다. 이들 증상이 나타나는 시기를
소위 매독 제2기라고 하는데 가장 독성이 강하고 전염력도 강하
다. 그러나 이들 발진은 자신이 느끼는 고통이나 간지러움이 없
기 때문에 그것을 방임하더라도 일정 기간이 지난 후에 자연히
사라져버린다. 그로부터 2-3년 길게는 수년 십 수 년 동안 신체

에 아무런 증상도 없이 완치되었다고 생각하고 지내다 보면 제3기의 증상이 나타난다. 즉 이 시기에 다다르면 인체조직을 파괴하기 시작해 깊은 구멍이 생긴다. 이것이 피부 등에 나타나면 처음에는 고무나무와 같은 딱딱한 덩어리가 생기고 이후 저절로 터진 후 궤양이 만들어진다. 그 외에 신체 표면에 가까운 뼈, 예를 들면 코뼈, 정강이뼈가 부풀어 오르며 부러지기도 한다. 다행히 피부나 뼈에 증상이 생기는 경우는 눈에 보이는 곳이기 때문에 빠른 처치가 가능하지만, 그와 같은 증상이 생명에 영향을 미치는 내장, 예를 들어 뇌나 위장, 간장, 심장 또는 신경 등에 나타나 치료시기를 놓치게 되면 목숨을 잃게 되는 것이다.

이상 매독의 일반적인 경과에 대해 대략적으로 기술했지만, 또 하나 유전매독에 대한 설명을 부가하고자 한다. 이것은 어린아이가 어머니의 체내에 있을 때에는 모체의 혈액을 영양분으로 하여 생활하기 때문에 모체의 혈액에 병원균이 들어오게 되면 당연히 태아에게 병독이 전염된다. 그리하여 그 어머니가 아직 임신 전에 매독에 걸린 경우는 대부분 임신 2-3개월 경 유산을 하게 되고, 임신 전에는 건강했다 하더라도 임신 후 얼마 지나지 않아 매독에 걸리게 된 경우 역시 5-6개월에 들어설 무렵 유산을 하게 된다. 그리고 임신 5-6개월이 지난 후에 매독에 감염된 경우에는 안전히 출산이 가능하지만, 태어난 아이는 결코 건강하지 못하고 다수는 병원균을 갖게 되거나 생후 얼마 지나지 않아 여러 발진이 생기고 영양이 좋지 않아 발육 역시 좋지 않다. 이런 아이가 운 좋게 성인이 되어 결혼을 하게 되더라도 다시 그 자자손손에게 병독을 유전하게 되는 것이다.

이상에서 말한 것과 같이 매독은 일시적인 육교의 쾌락에 의해 병에 걸리는 것이지만 이는 자기 혼자만이 아니라 그 처자에 전염되어 자자손손에 미치는 것으로, 한편으로는 국민의 원기와 활력을 소모하고, 또 한편으로는 불건전한 국민을 조형하는 것으로 이는 작게는 일가일족의 불행만이 아닌 크게 보아 건전한 국민을 무너트리는 무서운 악도인 것이다.

이상은 화류병이 발생하는 매우 대체적인 원인 및 그 증상에 대해 이야기 했다. 이제 이 화류병에 걸리면 어떻게 해야 하는 것인가 하면, 결코 주저하지 말고, 결코 민간요법에 기대지 말고 전문가를 찾아가 충분한 치료를 받아야 한다.

이 치료를 미루면 미룰수록 병은 완치되기 어려워지며 여러 합병증을 가져올 수 있음을 각오해야 한다.

실로 현재 화류병의 만연이 심각하여 일본의 비교적 정확한 통계를 보면 임질은 장정(20-30살)의 약 6-70퍼센트, 매독은 40퍼센트나 된다. 전술했듯이 모든 성병이 매소부로부터 감염되는 것이기는 하나 이를 어떻게 예방하는가는 커다란 문제로, 우리 일본에서는 화류병예방회 등의 회가 성립되어 있으나 아직 하등의 대안이 나오지 못했다. 매소부(일본 내지에서는 공창에 한해)에 대해서는 예로부터 강경한 검사 제도를 세워 주 1회 화류병의 유무를 검사하도록 되어 있으나 매소부는 그 대부분이 화류병을 지니고 있다. 정확한 검사 없이는 병의 유무를 완전하게 조사할 수 없다. 또한 병에 걸렸음이 확진된 환자는 일정한 병원에서 치료받도록 되어 있으나 이 역시 도저히 근본적인 치료는 불가능하다. 때문에 매독검사에 무사통과한 자들이라고 해서 안심할 수 없다. 구매원(驅梅院)에서 퇴원했다고 해서 안심할 수 없다. 즉 매소부의 거의 모두가 화류병을 가지고 있다고 생각하는 편이 좋다.

나는 환자로부터 다음과 같은 질문을 받은 적이 있다. 매소부에 접할 때에 어떠한 무기를 사용해야 화류병 전염을 완전하게 예방할 수 있는가. 나는 정욕의 억제 즉 병을 지닌 부인과 접하지 않는 것이야말로 완전한 가장 확실한 예방이라고 대답했다. 완전한 예방을 하는 무기란 없으며 추교(醜交)를 행했음에도 화류병에 감염되지 않은 것은 실로 그때의 운명이며 예를 들어 '콘돔(サック)'을 이용하거나 기름을 도포한다고 해도 완전한 예방책이 되지 않는다. 질문자가 다시 묻기를 현재는 교육기간도 늘어나고 생활고로 인해 젊은이들 중 결혼을 하는 것이 어려운 자가 많아 젊은이들의 끓어오르는 성욕을 해소하기 위해 매소부를 만나는 것 이외에는 방도가 없으며, 성욕을 억제하는 것은 신체에 해가 있는 것 아닌가. 예를 들어 우울증이나 의기소침하여 청년의 활기를 잃어버리거나, 또는 일반 여성과 접하는 것을 막기 위해 부

자연스러운 자위를 행하며 얼마간의 쾌락을 탐하다보면 그 때문에 이후 결혼을 한 후에는 성교불능증이나 조루 등이 생기는 것은 아닌가 하는 것이었다. 이에 답하기를 성욕을 억제하는 것은 건강에 해가 없으며(물론 일부 학자 중에는 이러한 이야기를 하는 자가 있겠지만) 백보 양보하여 그러한 해가 있다고 하더라도 화류병이 신체에 미치는 해악이 훨씬 더 무서운 것이며 비교가 되지 않는다. 또한 도저히 정욕을 억제하지 못할 상황일 경우, 가장 좋은 예방법은 무엇인가 하는 질문에 답하기를, 전술한 바와 같이 완전한 것은 없다. 강하게 말하자면 '콘돔'을 사용한다고 하더라도 결코 안심할 수 없다.

전술했듯이 작금의 화류병을 개인적으로 막아낼 수 있는 완전한 예방법은 하나도 없다. 따라서 미혼자의 경우는 일을 하며 자신의 일에 취미를 가지며 모든 정력을 그 쪽에 향하게 해야 한다. 일에 권태를 느낄 때에는 운동을 하며 정욕을 억제하고 결혼 후에는 건전한 배우자를 맞아하여 일가의 행복뿐 아니라 실로 국가의 일대 이익이 된다는 생각으로 화류가에 발길을 두지 않도록 마음을 다잡아야 한다.

—조선급만주 108호(1916.7.)

다시 한 번 폐창사감을(再び廢娼愚感を)

難波志都

혼다 시세이(本多志成) 형

우선 형의 비공창폐지론에 대한 유감을 공개하는 것을 사과드
리오.

              ＊   ＊   ＊

당신은 사회에 존재하는 모든 것은 그에 맞는 이유가 있기 때
문에 존속하고 있다는 동일 논법을 가지고 비공창폐지론을 긍정
하고 있다. 그러나 그것은 너무도 엉성하고 소위 어긋난 논리이
기 때문에 나는 수긍할 수 없다. 왜냐하면 사회의 문물은 말할
것도 없이 장족의 진보를 해오고 있는 것이기에, 과거로부터 이
어져온 사회의 도의도 사회의 진화에 따라 장단 보충하고 개혁되
어 이 시대에 맞는 도리가 되고 정의(情義)가 되는 것이야말로 사
람들이 자연스럽게 지키고자 하는 모토(motto) 아닌가. 본 문제에

대해서도 현대까지 존속해왔기 때문에 영원히 폐지할 필요가 없
다는 단순한 이유는 그다지 절박한 근거가 아니라고 생각한다.
창기란 합법적으로 인신을 자유롭게 속박하고, 매매하는 노예와
같은 것이다. 이와 같은 제도가 현대의 사회제도로서 존재하고
있는 것이 당연하다고 말하는 논설에 누가 귀를 기울이겠는가.

이처럼 말하면 당신은 친권자 또는 공창대포주의 승인행위에
의해 그리 되는 것이라고 말하겠지만, 포주 대 공창의 관계는 고
용관계상의 고용주대 노동자로 보기보다는 대차관계상의 채권자
와 채무자의 관계로 보는 것이 지당하여, 민법의 근본정신에서
말하자면 대차관계를 채권, 채무의 관계로서 구별되어 존재하며
대차관계에 의해 각 개인의 자유는 제한할 수 없다, 그러나 그들
에게는 이렇다 할 법률지식도 없고 대차관계는 인신도 포속할 수
있다고 믿는, 소위 그들의 진보되지 못한 유치함을 약점으로 하
여 이와 같이 모순된 계약을 성립하고 추악한 현상을 남기는 것
이다. 이와 같이 타인의 약점을 잡아 자기의 생활의 근저로 하는
자들은 현대의 도덕상 말하자면 부도덕한의 행위로 인도(人道)상
하루도 두고 볼 수 없는 문제일 것이다.

당신은 폐창 후 그것에 대체할 수 있는 육욕의 공급자의 출현,
그 출현한 자의 발호(跋扈)에 기인해 발생하는 사회풍속의 문란, 보
건 유지 등에 대해 논하고 있다. 그 공급자의 출현에 대한 방지책
은 실로 많은 연구를 요하고 나도 하루아침에 언명할 수는 없으

나, 공창을 폐지하면 사창이 반동적으로 증가한다는 것은 일반인들의 의견이다. 이에 대해 공창이 있으면 사창이 증가하고 공창이 없으면 사창은 차츰 줄어든다는 것은 야마무라(山村) 선생의 강연을 발췌하여 설명을 대신한다.

기슈신궁(紀州新宮)이라는 곳에는 공창이 없었다. 사창이 40명 있었다. 공창을 90명 두자 사창은 일단 120명으로 늘었다. 이와 같이 공창이 팽창하는 속에서는 사창도 따라 세간을 두려워 않고 증식하게 된다. 마치 동경의 요시와라(吉原)의 최고 번영기에 센조쿠쵸(千束町)가 번성한 것과 동일한 원리이다.

사회제도의 결함부터 말하자면, 그들의 다수가 타락에 의하거나 자포자기가 되어 스스로 노예적 생활에 들어가는 이는 거의 희박하고, 다수는 생존경도 사회에서 낙오된 가정으로부터 나오고 있음을 볼 때 가난문제를 선결문제로서 해결해야만 한다.

또한, 남녀에 우열은 없으며 반반 상화 재립하여 비로소 인간다운 일대(一對)가 만들어지는 것이기에, 부인을 해방하여 현재와 같은 정복자 대 노예, 주인 대 하녀, 포주 대 가축과 같은 남성문화에 존립해 있던 협박적 종속관계를 타파하고 전인적 문화로 나아가려고 하고 있다. 다가올 사회에서는 이러한 관계를 줄여나가야만 한다. 그리한다면 남성은 여성에 대해 소위 비하적 관념으로부터 탈각하여 여성을 대단한 인격자로서 취급한다면 과연 여성은 노예적 생활에 있는 것을 선호하겠는가. 불가사의하게도 이 동정은 의식하지 못한 사이에 그녀들의 앞으로의 행복을 바라게 될 것이다. 권위자인 남성이 그와 같은 부자연스러운 제도에 묻혀 있어서는 결코 등한시 될 수밖에 없다. 어디까지나 동등한 인격자로서 이 문제의 연구를 진행해가야 한다.

위생상 보건에 대해서 당신이 말하는 것은 편측관(偏側觀)에 지나지 않는다. 매독검사제도의 불완전함에 대해 전 세계의 의학자가 이구동성으로 비난하고 있는 사실은 다시 언급할 필요도 없다. 그러나 화류병의 정확한 진료와 치료에 적어도 3-4년의 긴 시간을 요한다고 하니, 10일에 2회 정도의 검진으로는 화류병을 예방 한다는 것은 정말이지 한심하기 짝이 없는 말이다. 예를 들어 검진을 할 당시에는 건강한 사람이었다 할지라도 그들이 그날 밤 유독자(有毒者)와의 성교에 의해 감염되었다고 한다면, 그로부터 다음 검사일까지 그와 접하는 자는 화류병에 감염된다고 보아야 한다. 그 수는 실로 엄청난 것이다. 또한, 검사에 대한 물질적 부담감에 정기검진기간 사이에 발병을 하여 이상한 감이 들더라도 의사의 진료를 다음 검사일까지 미루기도 한다. 사창은 이러한 점에 있어서 오히려 비교적 자유롭고 속박이 적다는 점과, 자기의 행위가 불법행위라는 인식에 의해 자기의 신체에 대해 주도면밀한 주의와 철저함을 아끼지 않기 때문에 오히려 화류병 감염

률이 적다. 172명의 창부를 검사했을 때, 제 1회 검사에서 19.1퍼센트의 환자가 나왔고, 재검에 38.6퍼센트로 증가하고, 최후에 다른 의사가 검사하여 50퍼센트 내지 65퍼센트라는 엄청난 환자수가 확인 되었다는 보고가 있다. 또한, 야마무로(山室) 선생은 군마현(群馬縣)에는 공창이 없는데 그것이 일반인들의 화류병 감염에 커다란 영향을 미친다며, 장정 검사에 나타난 화류병의 비율이 다음과 같은 통계로 나타난다.

경 성(京城) 20.63	가나가와(神奈川) 19.18
나가사키(長崎) 47.78	오 사 카(大阪) 19.65
고 치(高知) 33.48	군 마(群馬) 11.13

(백분율)

이상의 통계는 공창에 의한 전염 비율이 사창의 그것보다 높다는 것을 증명하며 당신의 논지가 단순한 기우(杞憂)였음을 말해준다.

당신은 봉건시대 이래의 공창에 대해 말하었는데, 당시는 전국시대(戰國時代)[26]로 무술을 숭상하는 시기였기 때문에 무사도의 퇴폐를 예방하고 일반인들의 풍기문란을 염려하는 배경에서 어느

---

26) 전국시대(戰國時代) : 일본의 15세기 중반부터 16세기 후반까지 사회적, 정치적 변동 및 계속되는 내란의 시기이다.

정도의 제한을 둔 공창을 존치(存置)했다. 즉 그 시대이기 때문에 정당성을 얻은 제도였을지도 모른다. 도쿠가와(德河)시대27)에 들어서도 공창은 풍속유지상 고려의 대상이 된 것으로 보인다. 외국사의 예를 보더라도 무장(武將)이 그러한 여성을 전장(戰場)에 데려가 장졸의 위안에 이용한 사례도 적지 않다. 그러나 이것이 시대 상황에 의해 당위성을 얻은 정책이었다 하더라도, 오늘날 이것을 금언옥조(金言玉條)로28) 생각하는 것은 현시대의 조류를 전혀 파악하지 못하고 있는 것이다. 게다가 결론에서는 공창을 폐지하는 것이 아니라 오히려 영구히 보존하여 오로지 공창의 추화(醜化)를 방지하고 미화를 희망한다고 논하고 있다. 그러나 공창제도의 감옥에 갇혀 신음하는 그들은, 수전노(守錢奴)29)적인 포주와 비도덕적인 고용주의 혹사로 인해 신체와 정신을 착취당하며 참담한 시간을 보내고 있다. 또한, 아무리 공허(公許)한다고 하더라도 가혹한 인신매매를 하고도 평연(平然)한 포주들에게 이와 같은 일을 바라는 것은 불가능하다. 설령 법으로 제도화한다고 해도 말이다.

---

27) 도쿠가와(德河)시대 : 에도(江戶)막부의 초대 쇼군인 도쿠가와 이에야스(德川家康)가 다스린 시대이다.

28) 금언옥조(金言玉條) : 금옥과 같은 법률이란 뜻으로 소중히 여기고 꼭 지켜야 할 법률을 말한다.

29) 수전노(守錢奴) : 돈을 모을 줄만 알아 한번 손에 들어간 것은 도무지 쓰지 않는 사람을 낮잡아 이르는 말.

내가 보기에는 공창제도는 단 하루라도 허가해서는 안 되는 중대한 문제이다. 이 제도의 존속은 많은 병폐를 남길 뿐이며, 일반적인 편리를 바라는 공리주의자의 말에는 동의하지 않는다. 이 마음은 적어도 인간으로서 사회에서 생존하는 사람들의 동일한 감정일 것이라 생각한다. 그렇다면 어째서 공창을 공허하고 유지하는 것인가. 야마무로 선생의 강연들 다시 한 번 발췌한다.

구세군에 의하면 70년 전의 도쿄의 창기 70명의 채무관계를 조사해 보니, 그들에게는 850원에서 100원까지의 전차금30)이 있었다고 한다. 즉 850원 내지 100원에 부인의 정절이 짓밟히고 있으며, 70명의 전차금액은 23,600원 정도로 한 명당 327원 74전이었다. 그녀들은 일을 그만둘 때까지 평균 2년 8개월 동안 일을 하고 있다. 2년 8개월 동안 일을 한 창기 70명의 채무 상환 금액은 328원 25전으로 이것을 한 명당으로 계산하면 1년에 4원 60전, 한 달에 57전, 하루에 상환가가 4리(厘)31) 9모(毛)32)것은 놀라지 않을 수 없다. 327원 74전을 갚기 위해 188년 10개월간 일해야만 하는 것이 된다.

---

30) 전차금(前借金) : 근로계약을 체결할 때 또는 그 후에 근로를 제공할 것을 조건으로 사용자로부터 빌려 장차의 임금으로 변제할 것을 약정하는 금전을 말한다. 사용자가 전차금에 고율의 이자를 붙여 노동자로 하여금 완제가 불가능하도록 하여 노동자를 구속, 착취하는 수단으로 사용하였다.
31) 리(厘) : 옛 화폐 단위로 전(錢)의 10분의 1의 가치를 갖는다.
32) 모(毛) : 옛 화폐 단위로 리(厘)의 10분의 1의 가치를 갖는다.

건강이 허락되는 한 계속해서 일을 하게 만드는 것이 포주의 책략이다. 이와 같은 불합리한 제도도 포주의 입장에서 보자면 창기의 자유의지에 의한 대차관계로부터 발생한 것이라 말하겠지만, 창기는 하루하루 늘어나는 이자 때문에 아무리 일을 하더라도 상환율이 보이지 않는다. 국가는 이 합법적인 사기수단과 허위를 인정하고 국민 또한 용인하고 있으나, 이제 그와 같은 시대는 과거가 된 것이다.

요컨대 폐창문제는 이미 탁상연구나 논의의 대상이 아니다. 실시의 시기에 들어선 것이다. 퇴폐적인 향락주의자나 비도덕적인 악마와 같은 이들은 비폐창론을 주장하며 전 국민의 들끓는 여론에도 귀를 기울이지 않을 것이다. 그러나 시대 조류에 따른 사상의 변화는 언젠가 그들의 요구를 좌절시킬 것이다. 나는 하루라도 빨리 그곳에 도달할 것을 바라 마지않는다.

―조선공론 137호(1924.8.)

공창제도 폐지의 요지(公娼制度廢止の要旨)

松山當次郎, 深澤豊太郎, 永井柳太郎

공창제도 폐지의 요지－의원(代議士) 松山當次郎

우리가 이 안을 의회에 제출한 것은 사회문제의 입재(立在) 때문이다. 가령 공창을 폐지한다 하더라도 매음의 사실은 사회 속에 존재한다. 그것은 인정하지만 우리가 창기를 대하는 시각은 종래의 다수의 사람들이 보던 것과 다르다. 창기 중 대다수는 빈곤 때문에 그 일을 시작한다. 빈곤 때문에 정조를 팔아 생활해야만 하는 국민이 있다는 것은 정치가로서 책임을 느끼지 않을 수 없다. 공창제도는 창기로부터 아주 많은 금전을 착취하는 제도이다. 이 제도폐지에 반대하는 자들은 그것이 풍기(風氣)에 반(反)하기 때문이라고 하지만, 바야흐로 사창이 50만 명이고 공창이 5만 명이다. 5만 인을 개방하여 50만 명이 된 연유가 특별히 풍속이 문란하기 때문은 아니다.

창기가 어떠한 방식으로 착취당하는가 하는 실제 문제를 연구하기 위해 창기를 둘러싼 대좌부(貸座敷)[33]업자, 주선자, 나카이(仲居), 의복상, 음식점 등의 착취를 살펴보아야 한다. 일례를 들어보면 1,000원의 전차금을 빌려 창기가 된 이가 있다. 이 1,000원 중에서 400백 원이 부모의 손에 들어가고, 그 외에는 주선자나 준비금으로 나간다. 그리하여 한 달에 화대(花代)가 평균 100원이라면, 그중에서 식비나 세금 등을 제하고 나면 대체로 70원 정도가 남는다. 그 절반이 되는 35원은 방을 빌리는 요금으로 점주가 갖는다. 남은 35원이 전차금을 갚는 데 들어가기 때문에 이 계산으로 보자면 1년에 420원씩 전차금을 갚고 2년 5개월이 지나면 모두 갚을 수 있다. 그러나 실제로는 대좌부업자의 착취에 의해 그 35원마저 창기의 손에 들어가지 않는다. 그 돈 역시 식료나 의복을 사는데 소비하도록 교묘하게 구성되어 있기 때문이다.

월에 25원 정도의 별도의 빚이 생기면 1년에 300원의 추가 빚이 생긴다. 게다가 창기가 돈을 다 갚을 때가 되면 점주가 다른 가게에 돈을 받고 팔아버리기도 하는데, 이에 창기는 새로운 가게에서 새로운 빚이 또 늘어나게 된다.

---

33) 대좌부(貸座敷) : 요금을 받고 빌려주는 방(座敷)으로 유녀는 대좌부업자에게 일정한 요금을 지불하고 손님을 접대했다.

공창존치론－의원(代議士) 深澤豊太郎

공창폐지안의 근저는 어디에 있는 것인가. 도덕적인 입장도 아니고 국욕(國辱)적인 입장도 아닌, 단지 세계적인 대세라는 입장에서 운운하는 것은 매우 의문스럽다.

내가 외국의 도시를 돌아다니던 때 하룻밤에 88번이나 호객행위를 당한 적이 있었다. 왜 이리 호객행위를 하느냐 물으니, 그 나라에서 최근 공창이 돌연 폐지되었기 때문에 사창이 증가했다고 답했다.

무릇 세계의 의사들 사이에서도 집창주의(集娼主義)가 좋은가, 산창주의(散娼主義)가 좋은가 하는 문제는 커다란 논쟁거리이다. 위생적 측면에서 논하자면 집창주의 쪽이 월등히 좋다는 것이 위생당국이 주장이다. 또한, 풍속상으로 보아도 집창주의가 유익하다. 현재 대세가 다소 산창주의에 기울게 되면서 일반사회의 풍속이 문란해 진 것은 사실이다.

문명국 중에서 집창주의를 취하고 있는 나라는 일본뿐만이 아니다. 학자들 사이에서도 집창주의를 지지하고나 산창주의를 지지하는 두 개의 의견으로 나뉘어 있다. 우리나라는 도쿠가와 시대 이래의 다년간의 관습에 의해 집창을 일종의 풍속으로써 인정하고 있다. 이 풍속을 개정하여 과연 좋은 결과를 얻어낼 수 있을까 하는 의문을 갖는 나는 공창제도 폐지안에 반대한다.

공창제도폐지는 세계적 대세 – 외무대관 永井柳太郞

국제연맹에서는 '부인아동매매금지조약'의 정신을 철저하게 하는 의미에서, 각국 내부에 존재하는 공창제도를 조속히 폐지하도록 권고하고 있다는 것에 대해 희망을 가지고 있다. 현재 1929년 4월의 국제연맹의 동문제에 관한 위원회의 결의안 중에서는, 공공의 질서, 미풍양속 및 공중위생을 보호하고 매음에 따르는 위험을 방지하기 위해 공창제도에 대신할 방법에 관한 가능한 깊은 연구를 촉구하는 결의안도 포함하고 있다. 또한 동년의 국제연맹 제 5안 의회에서 일본위원인 무샤노 고지(武者小路) 씨는 '공창제도는 일본의 국내에 있어서도 많은 비난을 받고 있으며 이 제도의 폐지에 대한 의논이 일어나고 있기 때문에, 가까운 미래에 폐지를 하게 될지도 모른다. 폐지에 이르는 일체의 절차에 대해서는 내무성의 내무관헌이 담당하여 연구하고 있다. 그 절차는 내무관헌의 지시에 일임하고 있다.'는 발언을 했다. 따라서 이 국제연맹의 결의에 대해서는 현 내각과 전 내각 모두 동의의 정신을 가지고 임했다고 생각한다. 나 역시 이 일본위원의 발언처럼 공창제도는 인간의 인격 및 자유와 모순되는 제도라고 생각한다. 일종의 노예제도라고도 할 수 있다. 가능한 빠른 시점에 이와 같은 제도를 폐지하여 인격의 존엄함과 자유 등이 확인 되는 사회가 건설되기를 희망한다. 그러나 이 공창제도는 관계가 매우 복잡하다. 따라서 이 희망을 실현하기 위한 연구는 내무당국에 일임해야 하는 성질의 것이기 때문에 그 조치에 대해서는 내무당국에 모든 것을 위임하고 있다.

—조선공론 217호(1931.4.)

폐창단행의 일보직전에(廢娼斷行の一歩手前に)

庄司文雄

1.

본지 전호에 <공창폐지의 급무>라는 논문과 <소위 공창폐지의 시비>라는 논문이 게재되었다. <공창폐지의 급무>의 집필자는, 16세기 프랑스대혁명에서 이야기를 시작해 지금 우리나라와 같은 일등국이 그 같은 비윤리 배덕한 공창을 존치하는 것은 야마토(大和)[34])민족의 큰 치욕이라며 폐창단행의 시급함을 말하고 있다. 인격이다 인종이다 떠들썩하게 소리치는 현 시대에, 인신매매를 금지하고 창기를 해방해야 한다는 주장은 만인 모두가 수긍하는 것이기 때문에 이제 와서 다시 말할 필요가 없다.

---

34) 야마토(大和) : 일본을 지칭하는 다른 이름으로, 일본 최초의 국가였던 야마토 국가를 구성한 민족의 후손이라는 의미이다.

다음으로 폐창운동인데, 이것은 한정된 지면이기 때문에 외국의 사례는 제외하고 우리나라에서 일어난 운동에 대해서만 살펴보겠다. 구세군(救世軍)이나 교풍회(矯風會), 곽청회(廓淸會) 등에서는 20년 전부터 창기의 해방을 주장하고 있으며, 더욱이 1872년의 형정개혁율령(刑政改革律令) 제정 당시에는 사법경(司法卿)이었던 에토 신페이(江藤新平)가 인신매매를 금지하고 폐창을 실행해야 한다는 데에 통감하여 율령에 그 2개 조항을 집어넣었다. 이에 비추어 보면 우리국민이 인권옹호를 위해 폐창 운동을 시작한 역사가 60년 정도가 되는 것이다.

그렇다면 공창폐지의 기운에도 불구하고 매음제도가 오랜 역사를 가지며 초연하게 현존하고 있는 것은 어떠한 이유 때문일까. <공창폐지의 급무>라는 글을 쓴 모리(林) 씨는 많은 원인 중에서도 불황을 제1의 원인이라 보았다. 불황과 공창의 인과관계를 설명하며 '심각한 제계의 불황은 남자의 만혼(晚婚)을 초래해 30세가 넘도록 독신생활을 지속하게 만들고, 가정을 만들어 처자와 힘께하는 즐거움이 허락되지 않기 때문에, 또는 일부의 남자중 인간의 본능인 성욕을 만족시키기 위한 방법의 하나로서 공창의 존재는 없어서는 안 되는 것'이라고 논하고 있다. 나는 공창폐지 문제에 대해서는 거의 무지하여 이렇게 잡지를 통해 의견을 발표할 정도의 사람이 못되지만, 국제연맹이 본문제를 의논하기 시작한 이래 이 문제에 관심을 갖게 되었다. 그리하여 부족하나

마 공창폐지문제를 이해하는 데 필요한 매음의 사회성이나 각종 사회사업단체의 운동경과, 내무성의 연구자료 등을 손에 넣어 얼마간 관심을 갖고 보게 되었다. 이상의 자료가 내가 아는 지식의 전부이지만, 이를 기반하여 생각해 본 바 모리 씨의 의견처럼 남자의 만혼에 의해 공창이 존재하고 있는 것이 아니며, 가쓰(且つ) 씨의 주장처럼 준비 없이 폐창단행을 행해서도 안 된다. 단행을 위해서는 우선 크게 생각해야 한다는 것이다.

2.

위와 같은 결론에 있어서, 나는 지금의 폐창시비의 핵심에 대해 논하는 것은 잠시 보류하고 싶다. 조선에서 폐창운동의 선두에 선 것은 평양이다. 평양 진마을 대좌부조합장이 본년(1934년-역자 주) 4월 30일 평양경찰서를 통해 평안남도에 대좌부지정지(貸座敷指定地) 취소를 요구하는 진정서를 제출한 것으로 시작한다. 본 진정서를 수리한 도(道) 보안과(保安課)에서는, 내지(內地)의 폐창현에서의 폐창 현황이나 경시청의 자율 폐창기에 대한 조사 등에 기초한 상세한 연구를 행했다. 그리하여 지난 9월 5일 평양의 일신신문(一新新聞)을 통해 도 당국의 연구 결과가 곧 발표될 것이라고 전하고, 이에 대한 도 당국의 의향에 대해서는 '드디어 영단을 내려 전 조선을 아우르는 폐창을 단행할 결심'이라고 전하고 있다. 이 보도와 같이 평안남도가 폐창을 결정하고 동일 부(府)에 위치하는 유곽의 창기를 전부 폐하게 되면, 조선 전역의 대좌부업자가 커다란 타격을 받을 받게 되는 것은 물론 폐창운동이 잇달아 추진 될 것도 예상되어 사회 전반에 커다란 파장을 불러일으킬 것으로 추측된다. 이 문제에 대한 지금까지의 조선에서의 민중의 관심은 어떠한가 하니, 내지각지의 폐창 소식이 전해져 올 때마다 약간의 자극을 받아 당국(當局)에 있는 자 역시 주의를 기울이며 의견을 토로해 오긴 했으나 한편으로는 강 건너 불 보듯 하였다. 만약 평양부에서 폐창이 실현된다면 조선에 사는 우리들에게는 현실의 문제라는 점에서 새로운 연구가 요구되며 그 시비(是非) 문제와 더불어 폐창 후에 야기될 각종사항에 대해 주시하는 것 역시 필요하다.

　그런 의미에서 전호(前號)에 게재된 <공창폐지의 급무>라는 글에 대해 이야기 하고자 한다. 본디 타인의 의견에 대해 이렇다 저렇다 하는 것은 지양해야 하지만, 이 글이 사회에 미치는 영향이 예상외로 크고 특히 세간의 여성으로부터 '간과할 수 없는 모욕을 가한 것'이라는 평을 듣고 있기에, 불편했을 독자들을 위해 독자의 심기를 건드렸을 몇 가지 부분에 대해 이야기 하고자 한다. 집필자에 대해서는 어떠한 사적 감정도 갖고 있지 않다. 우선 앞에서 인용했듯이 필자는 공창현존의 제일의 원인으로 심각한 불경기에 의한 남자의 만혼을 들고 있다. 공창폐지가 단행되지 않는 이유는 불경기 때문이 아니며 남자의 만혼 때문도 아니라는 점은, 필자가 말하는 '심각한 제계의 불황'은 1927년 이후 2년간 이어진 패닉상황을 가리키고 있으나 역사 속에서 발생한 심각한 불황은 결코 이번뿐만이 아니며 메이지기 이래의 경제의 역사는 호황과 불황의 연속이었다. 이러한 제계의 전변(轉變)에도 불구하고 공창은 끊임없이 이어져 왔고 외부로부터의 폐창운동이 있음에도 불구하고 완강하게 현존해 온 사실에서도 알 수 있다. '불황은 남자의 만혼(晚婚)을 초래해 30세가 넘도록 독신생활을 지속하게 만들고 있다'는 것은 과연 사실일까. 물론 다수의 남자 중 불경기 때문에 30세 되도록 결혼하지 못한 사람도 있을 것이다. 그러나 일부가 그렇다 하더라도 대부분이 그와 같은 상태가 아닌 이상 가볍게 논단해서는 안 된다. 그렇다면 필자의 그 논단을 얻기에 이른 자료는 도대체 무엇인가. 무엇을 근거로 판단한 것인가. 30세 남자의 기혼자와 미혼자의 숫자는 다음과 같지 않은가.
(조선총독부발행 조사자료 제21호 156항 참조.)

조선에서의 30세 미혼자 남자의 수 7,864명. 이는 결코 적은 숫자는 아니다. 그러나 이혼 후 30세의 현재에 재혼을 하지 않은 자가 3,707명, 사별자 남자가 5,884명으로 이혼자와 사별자의 총계는 9,001명이 된다. 또한 30세인 현재 결혼생활을 하고 있는 유배우자의 수는 217,250명으로, 이에 대한 미혼자의 비율을 보면, (남자총수 404,215명) 남자 18명 중 1명이 미혼자라는 숫자가 나온다. 여자의 경우에는, 여자 30세 미혼자 99명, 유배우자 120,478, 이혼자 1,970명, 사별자 6,636명으로, 미혼비율은 130명 중 1명의 비율이 된다. 본 통계는 1927년의 것(그 후 총독부에서 발행한 통계표는 수중에 없다)이기 때문에, 이를 가지고 현재를 단정하는 것은 불가하다. 그러나 27만 5천명이라는 다수를 대상으로 한 조사이기 때문에 대체적으로 지금의 수치와도 크게 차이나지는 않을 것이라 생각한다. 이 통계를 확인 한 수 '심각한 제계의 불황은 남자로 하여금 만혼을 초래해, 가정을 형성하고 처자와 함께 즐거운 생활을 맛보는 것을 허락지 않았기 때문'이라는 본문에 눈을 돌려보면, 더욱이 인간 본능으로서 식욕과 함께 오는 성욕을 만족시키기 위한 방법으로서 공창제도는 사회상 없어서는 안 되는 것이라는 주장이 과연 납득 가는 의견이라 봐도 좋을까.

3.

다음으로, 그 주장은 '또한 시대불황이 야기한 영향은 여자에게도 동일하여 특히 무산계급의 여자가 사회에서 살아갈 수 있는 선택의 여지가 한층 줄어들었다.'며 그 대상을 여자로 돌려 '이에 대해 여자생존방법이라고도 칭할 수 있는 것들을 들어보자면, 첫 번째로는 결혼에 의탁하여 배우자를 구하는 것이지만 전술한 바와 같이 현대의 불황의 위협은 남자 만혼을 초래하기 때문에 그 목적을 달성하는 자는 실로 극소수에 불과하다.'고 단정한다. '두 번째로는 직업부인이 되는 것이지만 이 역시 상당한 교육 또는 기술을 습득하고 그 외에 언어, 동작, 용모 등 여러 조건구비를 요한다.'는 여성의 비참한 생존방법을 논하며 '그러나 부모에게 자산이 없는 한 놀고먹는 것 또한 허락되지 않기 때문에, 생존을 위한 방법을 찾아 헤매지 않을 수 없다. 따라서 세 번째 방법으로서 몸을 파는, 즉 윤락에 몸을 던져 매음을 업으로 하는 자들이 생기는 것'이라고 논하고 있다.

나는 전술을 통해 여자가 30살이 되면, 130명 중 129명이 기혼자라는 것을 밝혔다. 창기나 작부 등은 대부분 나이가 젊은 게 보통이다. 따라서 어떤 자는 말할지도 모른다. 여자 나이 30이면 창기생활을 청산하지 않느냐고. 나는 그와 같은 사람들을 위해 여자의 결혼연령별을 파악하고 그들의 생각이 완전한 기우라는 것을 밝히고자 한다. (전게 통계서에 의함)

연령	여자총수	여자미혼자
18	165,812	19,873
19	189,042	10,635
20	165,146	5,912
21	132,672	4,043
22	140,673	3,393
25	156,144	2,400
28	148,496	1,314
30	130,043	959

위의 통계에 의하면 19살까지는 미혼자의 수가 급격히 줄어드는데 반해 그 이상의 나이에서는 비교적 원만하다. 모리 씨의 필법에 따르자면 그 미혼자라는 것은 곧 매음(賣淫)을 하는 자들이라는 것이다. 그러나 이 통계에 의하면 여자미혼자란 순전한 잉여물(賣れ殘し)임을 명확하게 보여주고 있으며, 결혼낙오자나 심신결여자나 또는 종교 등에 의해 결혼으로부터 멀어진 자들이 대부분이라고 나타내고 있다. 그렇다면 이 미혼자들의 그 후 추이를 살펴보자면,

나이	30	35	43	48	54	57	60	70	80
미혼자	959	706	601	503	327	218	68	28	6

라는 수치를 들 수 있다. 30세 이상의 여자 미혼자수가 감소한

원인 중 극히 적은 수는 결혼에 의해 간신히 처녀(?)에서 벗어난 자도 있겠지만 그 대부분은 자연감소―사망―에 의한 것이다.

4.

여자 미혼자에 관한 통계로부터 여자의 대부분이 22-23세 사이에 결혼을 한다는 것을 알았다. 그렇다면 현재 전국의 창기의 숫자는 어떻게 될까. 1933년 1월의 내무성 조사통계에 따르면 전국의 창기는 5만 2천 157명이라고 한다. 그 외에 예기(藝妓)가 약 8만, 작부(酌婦)가 약 7만 5천 명 정도 존재한다. 대좌부영업자 수는 약 1만 명으로 대좌부 면허지는 540개소가 있다. 창기 한 명당 손님 수는 1년에 400명에서 450명에 달하며, 일일 평균 한 명 정도를 상대한다. 일본의 2대도시인 도쿄와 오사카의 상황을 살펴보면, 도쿄의 경우 창기 한 명에 1년 손님 수는 670명 정도, 하루에 두 명 정도에 해당한다. 오사카의 경우 창기수가 7,300명, 유객(遊客) 수는 512만 명 정도로 창기 한 명 당 약 천명, 하루에 두 명 반이라는 계산이 나온다. 다음으로 이들이 창기가 된 원인을 조사한 통계에 따르면 (통계숫자는 소략), 첫 번째로 집안 살림에 보탬이 되기 위해 평균 천 원도 안 되는 전차금에 팔려오는 것이다. 이 외로는 본래 예기나 작부, 여급댄서였던 자들이 전락하여 창기가 된 경우도 있으나, 빈곤한 제3계급의 희생이 되어 팔려온 숫자와는 도저히 비교가 되지 않는다. '남자의 만혼을 초래하여, 여자로 하여금 그 목적을 달성하는 자는 실로 극소수에 불과'하기 때문에, 창루(娼樓)에 굴러 들어왔다는 자는 통계에 한 명도 나와 있지 않다. 이는 통계에 의하지 않고, 5만 2천 557인의 창기를 한 명 한 명 거울에 비춰보아도 다르지 않을 것이다. 때문에, '두 번째 방법으로 추천할 만한 직업부인이라는 것도 하루아침에 될 수 있는 것이 아니고, 부모 아래에서 무위도식도 여의치 않은 여자가 나아갈 수 있는 제3의 길, 그것은 매음이다.'라고 말한다면, 전 세계의 여자들에게 머리를 얻어맞게 될 것이다.

남녀만혼은 근래에 생겨난 풍조로, 특히 사회가 도시화될수록 이런 경향은 현저하게 나타난다는 점에서 6대 도시에 속하는 경성 역시 남자만혼이 나타나고 있는 것은 사실이다. 여기에서 모리 씨가 미혼의 남자라는 것은 금방 상상 할 수 있으나, 너무도 경졸하다고 할 수 있다. 이상의 비판은, 본 논문의 전반부에 해당하는 일부에 불과하지만, 글 전체에 걸쳐 보다 깊은 사실 연구와 검토를 거듭한 이후에 의견으로 제시해야 할 것이다.

5.

　　<소위 공창폐지의 시비>의 필자는 폐창단행에 대해 '어쨌든 공창이 시대착오적인 궁전변소이며 절대적인 폐지의 대상인가에 대한 여부는, 사창의 폐지와 더불어 깊게 연구해야 할 필요가 있다'고 서술하고 있으며, 나 역시 이에 동의한다. 폐창단행은 신중하게 음미하고 연구해야 한다. 작년인 1933년 6월 2일 내무성은, 창기단속규칙(娼妓取締規則) 제7조 제2항에 있던 창기의 외출제한의 항목을 삭제하고, 그 의의를 '새장 속 새의 해방'이라는 이름으로 신문에 내보냈다. 그러나 창기가 혼자 외출을 하고 외박도 가능해졌다고 하더라도 이는 절대의 해방이라고는 할 수 없다. 여급이 길가에 나와 '잠깐 들렸다 가세요.'라며 호객하는 것과 마찬가지로, 이름만을 바꾼 창기가 마을에 나와 남자의 소매를 끌지 않는다고는 말할 수 없는 것이다. 대좌부영업자는 노력 여하에 따라 다소 사정이 다르겠지만 포주의 경우 매우 곤란한 처지에 처했다. 게다가 지금은 이미 돈을 들여 사 놓은 창기라 하더라도 돌연 자유폐업이 가능한 시대이다. 그 인신매매와 전차제도가 얼마나 불합리한가는 지금에 와서 다시 언급할 필요도 없다. 영업자가 대좌부를 카페로, 창기를 여급으로 다시 바꾸어 다른 형식 하에서 한층 잔혹한 착취를 행하며, 매음 역시 자유의사라는 가

면 아래에서 거래되며 가게의 매출을 돕는다. 그럼에도 불구하고 표면상으로는 인권 옹호니 뭐니 운운하며 폐창을 주장하고 있다는 점에서 폐창은 결코 간단한 것은 아니다. 업자들의 폐창주장에 숨겨진 계략을 파악하지 못하면서 폐창단행을 주장하는 것만큼 바보 같은 일은 없다. 금년 여름 내무성에서 열린 전국구경찰부장회의에서 마쓰모토(松本)경보국장이 '최근 폐창의 여론이 높아지는 것은 사실이다. 이 폐창이라는 것은 원칙적으로 매우 올바른 방향이라는 데에는 누구도 이견이 없다. 단지 그 방법과 시기에 대한 문제는 실로 복잡하여, 한걸음을 잘못 디디면 엄청난 일로 번질 수 있다. 특히 업자가 갱생책의 방법으로- 이 폐창의 기운을 이용하여 공창제도를 대신할만한 새로운 장소의 출현을 모색하는 조짐이 보인다. 내무성은 그러한 조짐에 대해 단호하게 반대의 입장을 취한다.'라고 말했다. 폐창은 참으로 기뻐할 일이다. 단지, 노예적 존재인 창기의 회한을 더욱더욱 쥐어짜는 영업자의 마수를 대비해야 할 뿐이다. 공창폐지는 바야흐로 시일의 문제이다. 그러나 그 후에 남겨질 매장제도(賣娼制度) 일반에 대한 문제는 그 해결이 매우 곤란하다.

—조선공론 260호(1934.11.)

해제

　본서는 식민지 조선에서 발행된 일본어 잡지인『조선급만주(朝鮮及滿洲)』와『조선공론(朝鮮公論)』에 게재된 기사 및 소설 중 '재조일본인 화류여성'을 소재로 한 글을 엄선하여 번역한 것이다.

　1876년 부산 개항 이후 조선에는 일본인 상인, 공무원 등의 일본인 남성들의 도한과 함께 많은 수의 일본인 여성의 이주가 이루어졌다. 그중 가장 많은 숫자를 차지하는 직업군은 바로 예창기(藝娼妓)로, 1896년 한성에 거주한 일본인 1,749명 중 여성의 총수는 730명이었으며, 재조일본인 여성 5명 중 1명꼴이 140명이 작부, 예기는 10명이었다(京城居留民團役所 編發行, 京城發達史, 1912, 85-86면). 그리고 이와 같은 조선 내 일본인 거류지의 확대, 상업의 발달과 함께 필연적으로 증가한 유곽의 설치와 매춘산업의 성장은 재조일본인 사회의 현실을 활사하는 기사 및 문학의 소재로 사용되어 재조일본인 일본어 미디어를 통해 활발히 창작, 보급되어

간다. 그리고 소설 및 기사에 표상된 재조일본인 화류여성의 모습이 재조일본인 사회에 일반적으로 받아들여지며, 나아가 재조일본인 사회 공통의 성에 대한 집단의식으로 정형화된다.

본서의 1차 자료가 되는 『조선급만주』와 『조선공론』은 당시 재조일본인 사회에서 가장 많은 독자층을 확보한 종합잡지이다. 잡지의 성격을 살펴보자면 『조선급만주』는 재야지식인에 의해 창간되었고, 중하층 재조일본인을 대변하는 논조를 지니고 있으며, '재한 일본인의 취미를 토로할 장'(단국대 동양학연구소 2003: p.ix)의 역할을 수행했다. 『조선공론』의 경우 조선식민정책에 있어서 일본 중상층 지식층을 대변하는 성격(한일비교문화연구센터 2007: p.xvii)을 띠고 있으나, <잡보>나 <사회기사>란을 두어 화류계 동향이나 스캔들 등 흥미 위주의 기사를 편성하여 지식인뿐만 아니라 일반 대중에게도 '재미있는 읽을거리로 환영'(한일비교문화연구센터 2007: p.xix)을 받은 것으로 보여 당시 화류여성에 대한 재조일본인 사회의 일상적 인식을 확인하는 데 유효하다고 판단된다.

이상의 잡지에는 재조일본인 화류여성을 소재로 한 상당수의 소설 및 기사가 게재되어 있는데, 소설의 경우 화류여성의 삶에 연민과 동정의 시선을 보내는 작품군이 가장 많은 수를 차지한다. 본서에서 번역한 8편의 작품 중 4편이 이 작품군에 속한다고 볼 수 있다. 남자에게 배신당해 머리카락을 자르고 카페여급이 된 여성의 이야기나, 이루어지지 못한 사랑을 비관하여 스스로

강물에 뛰어든 예기의 이야기, 돈에 눈이 먼 부모님에 의해 사랑하는 남자를 떠나 화류계 생활을 지속해야만 하는 여성의 이야기 등은 주로 이루어지지 못한 화류 여성의 사랑을 동정적인 시선으로 그리고 있다. 또한 '내지(內地)'의 유력 법학자의 아내였으나 남편의 방탕한 생활로 인해 조선에 팔려 가게 된 부인의 불우한 삶에 대한 이야기가 그것이라 할 수 있다. 이상의 작품군은 재조일본인 화류여성의 불행한 삶에 주목하여 그녀들의 불우함과 슬픔을 동적적인 시선으로 바라봄으로써 재조일본인 화류여성에 대해 가부장제 하에서의 희생자, 경제적 사정에 의한 도항, 그리고 '외지'에서의 불우한 삶을 지속하고 있는 동정과 연민의 대상으로 표상하고 있음을 알 수 있다.

이외에도 당시 화류여성 및 유곽을 대상으로 시행되었던 임검(臨檢)문제나, 대도시에 대한 동경, 조금 더 편하고 쉽게 돈을 벌기 위한 수단으로 스스로 여급이라는 직업을 선택하는 모습 등 당시대의 현실을 잘 드러내는 흥미로운 작품들도 포함되어 있어 재조일본인 사회의 또 다른 면을 읽어낼 수 있으리라 생각한다.

또한 후반부에는 당시 화류여성과 밀접한 관계를 가지며 사회문제로 부각된 성병문제와 폐창문제에 대한 기사를 수록했다. 식자층은 물론 부인을 포함한 일반대중이 쉽게 접할 수 있는 지면을 통해 유통된 성병기사는 성병에 대한 기초지식이 미비한 대중에게 지식을 전달하고 계몽하는 데 그 목적이 있었다. 그러나 성병의 예방법이나 근원적인 치료법보다는 병이 걸린 후에 나타나는 증상만을 자세하게 설명함으로써 성병 확산을 막을 수 있는 실질적인 효과를 거두기 어려웠다. 또한 성병의 원인을 일부 문란한 남성과 화류계 여성에 한정시킴으로써 성병 예방을 위해서는 '화류계'에 발을 들이지 않을 것만을 권고하는 양상을 보인다. 폐창관련 기사의 경우, 각계의 전문 지식인을 필자로 하여 자기 비판적인 입장 하에서 공창폐지를 주장하고 있음을 확인할 수 있다. 그러나 조선에서의 공창제를 유입, 확립시킨 일본의 제국주의적 의도는 무시하였으며, 대일본제국의 진로를 전면적으로 찬성하고 협력한 한편, 공창에 따른 현상과 폐해만을 떼어내 비판을 가하고 있다는 점에서 태생적인 한계가 있다고 말할 수 있다. 이들 기사는 당시 식민지 조선에 온 화류여성에 대한 재조일본인 사회의 인식을 확인할 수 있는 좋은 자료가 될 것이라 기대한다.

2016년 6월
역자 이가혜